악가의 무신 10 완결

2023년 9월 15일 초판 1쇄 인쇄
2023년 9월 20일 초판 1쇄 발행

지은이 서준백
발행인 강준규

기획 이기헌 왕소현 임동관 박경무 강민구 조익현
책임편집 천기덕
마케팅지원 이원선

발행처 (주)로크미디어
출판등록 2003년 3월 24일
주소 서울시 마포구 마포대로 45 일진빌딩 6층
Tel (02)3273-5135 **Fax** (02)3273-5134
홈페이지 rokmedia.com **E-mail** rokmedia@empas.com

ⓒ 서준백, 2022

값 9,000원

ISBN 979-11-408-0651-5 (10권)
ISBN 979-11-408-0641-6 04810 (세트)

차례

재결맹

악운은 다시 눈을 뜨자마자 꽤나 당황했다.

아버지부터 성 의원, 언 대주, 유 대주까지 줄지어 앉아 있는 게 한눈에 들어왔다.

모두가 초롱초롱한 눈빛으로 침상 머리맡을 지키고 있었던 것이다.

"오라버니!"

제일 먼저 악운의 품속으로 뛰어든 건 의지였다.

"미안하다. 걱정 많이 했지?"

"흑…… 흑…….'

의지는 쉽게 말도 잇지 못하고 그저 울기만 했다.

악운은 의지를 안은 채, 소매로 눈물을 훔치는 예랑을 쳐다봤다.

"이리 와. 한번 안아 보자."

"형님……."

"네가 함께 있어서 늘 든든하구나."

애써 어른스러움을 유지하고 있던 예랑도 결국 오열하며 의지와 함께 악운의 품에 얼굴을 묻었다.

그렇게 한참을 울던 의지가 눈물범벅인 채로 고개를 들었다.

"이제…… 괜찮아요?"

"그래. 아주 멀쩡해. 그러니 그만 걱정 내려놓고 예랑이와 나가 있어. 어른들과 대화만 나눈 후에 시간 보내자."

"알겠어요.."

악운이 훌쩍이는 예랑이의 눈물을 닦아 주며 말했다.

"예랑이도."

"예, 형님."

그렇게 한참 울던 두 동생이 자리를 뜨고 나자, 그제야 악정호가 입을 열었다.

"모두 네가 깨어나기만 기다렸다."

"예……."

동시에 악운은 기절하기 전 일들이 스쳐 지나갔다.

끔찍하게 다친 금벽산과 끝까지 도움을 줬던 야율 당주의 모습까지……

"다른 두 사람은요?"

악운의 반문에 모두의 표정이 미묘하게 굳어졌다.

"야율 당주의 장례는 내일 열리고, 우의장은…… 아직 의식이 돌아오지 않았다. 워낙 큰 부상을 입었기에 깨어나려면 더 많은 시간이 필요하다고 하더구나."

곁에 있던 성 각주의 눈빛이 흔들렸다.

"최선을 다했지만, 모자라더구나……."

"아닙니다. 우의장의 목숨을 건진 것만으로도 각주님께서는 이미 최고의 활인술(活人術)을 펼치신 거라 생각합니다. 그저 제가 그들을 지킬 수 없었던 겁니다. 전 실패했습니다."

악운이 침상 위에서 내려와 악정호의 앞에 무릎을 꿇었다.

"송구합니다."

모두의 시선이 악정호의 입으로 향했다.

악정호 역시 쉽게 입을 떼지 못한 채 악운을 내려다봤다.

'무슨 말로 위로할까.'

큰 패배로 아끼던 가솔을 잃었다.

악운의 마음은 크게 다쳤을 게 분명했고, 그 마음은 앞으로의 삶에 큰 영향을 미칠지도 몰랐다.

다른 가솔들도 같은 마음이었기에 쉽게 입을 열지 못하고, 악정호만 바라본 것이다.

이대로 악운이 절망한다면 그건 악가의 미래가 크게 흔들릴 수 있는 일이었다.

"하나……."

그때였다.

다시 고개를 든 악운의 눈빛에는 방금 전의 말과 달리 포기나 절망이 깃들어 있지 않았다.

"이 일로 인해 소가주의 책무를 회피하거나 도망치지 않겠습니다. 악가를 위협하는 모든 적에 훨씬 더 사납게 맞서고, 사력을 다해 힘쓰겠습니다. 그것이 제가 지키지 못한 가솔들을 위해 할 수 있는 최선일 테니까요."

침상에 빙 둘러 서 있는 가솔들은 하나같이 온몸에 전율을 느꼈다.

악운의 집념과 긍지를 온몸으로 체감한 것이다.

"아……."

그 한가운데 악정호는 할 말을 잃고 멍하니 서 있었다.

'한참 잘못 생각했던 것이야.'

어른스러운 것 이상이었다.

지금의 이 선택과 결단은 오랜 세월 전장을 누벼 온 노장(老將)이나 가질 수 있는 견고한 마음이었다.

악정호가 어렵게 입을 열었다.

"많이도…… 강해졌구나."

그간 운이는 가문의 일이라면 항상 선봉에 나서 싸웠다.

자연히 결코 동 나이대에서 이룰 수 없는 업적을 이뤄 왔다.

그 과정에서 운이는 슬퍼하고 아팠을 것이며 이로 인해 차츰 단단해졌을 것이다.

자연히 노장 못지않은 강심(强心)과 기개를 갖게 된 것이리라.

"네게 조부님의 모습이 보이는구나. 네가 내 뇌공을 이어받을 때가 벌써부터 기대되는구나."

"아직은 아닙니다."

"그래. 우선은 이 싸움이 끝나야겠지. 그러니 이만 일어나거라."

"예."

다시 악운과 마주서게 된 후에 악정호가 이어서 물었다.

"우선 어찌 된 게야? 큰 부상을 입었던 네가 갑작스러운 환골탈태 이후 이리 멀쩡해졌다는 건……."

"네, 성취가 있었습니다."

"가늠하기도 힘들 만큼 강렬한 기의 파동이었다. 일전에 화경에 오르던 그때보다 훨씬……."

"현경에 오른 것 같습니다."

담담한 악운의 대답에 모두의 입에서 경악 섞인 탄성이 터져 나왔다.

성 각주가 입을 쩍 벌리며 외쳤다.

"뭐? 혀…… 현경?"

"태양무신이 올라섰다던 지고한 경지……."

"하하……."

"정말…… 놀랍네요."

모두가 흥분을 감추지 못한 사이 악정호도 눈시울이 붉어졌다.

'아버님께서 지켜 주신 겁니까.'

한순간에 운이를 잃어버릴 뻔한 절망감에서 전화위복이 된 지금, 악정호는 악진명과 죽은 형제들의 가호가 악가에 함께 하고 있는 기분이 들었다.

"기쁜 일이구나, 정말로."

악정호는 악운을 꽉 끌어안아 주었다.

"아비는 널 믿었어. 네가 반드시 자리를 털고 일어나 주리라고."

잠시 동안 악운을 끌어안았던 악정호는 이내, 악운과 떨어지며 마음을 추슬렀다.

잠시 동안은 운이의 곁에 머물며 시간을 보내고 싶은 마음이 한가득이었으나 지금은 가문의 일을 해내야 할 때였다.

"이제 묻고 싶구나. 감히 어떤 쓰레기 같은 것들이 가문의 행사를 방해한 것이야? 생존자는 네가 유일하고, 백홍휴 대주가 진상 조사를 나섰지만 아직 돌아오지 않았다. 누구였는지 기억나는 게 있느냐."

"명확히 기억합니다. 혈교였습니다."

"혈교……."

악정호가 자연히 주먹을 움켜쥐었다.

한때 악가의 기둥까지 뽑아 간 평생의 숙적이 또다시 악가의 미래인 악운을 노린 것에 화가 난 것이다.

"당장 혈교 놈들을 분쇄하고 싶구나."

"머지않은 거 같습니다. 저는 혈교의 정점과 마주하고도 살아남았어요."

"그게 무슨 말이더냐?"

"저희를 노린 건 대규모 기습이 아니었습니다. 아니, 애초에 그럴 필요를 못 느꼈겠지요. 그자가 소수의 수행원만 대동하고 찾아왔으니까요."

"그자?"

"현재 혈교의 교주 야율광. 저희는 그자와 마주했습니다."

악정호가 눈을 번쩍 떴다.

악정호뿐 아니라 이 자리에 모여 있던 모든 수뇌부가 쉽게 감정을 감추지 못했다.

하지만 놀람이 사라지기도 전에 악운은 더욱, 놀라운 이야기를 전했다.

"한데 그자가 이상한 이야기를 하더군요. 자신이 혈교의 전대 교주라고요. 마치 아들의 껍데기를 쓴 전대 혈교 교주인 듯 굴었습니다. 마치 부활한 것처럼요."

"전대 혈교 교주, 야율초재가 아들의 몸을 빌려 부활했다는 것이야?"

"예."

악정호는 말없이 골을 짚었다.

악운의 말은 분명 믿기 힘들었다.

죽은 혈교 교주가 아들의 몸을 빌려 부활했다는 이야기는 분명 현실감 없게 느껴졌으니까.

"받아들이기 힘든 얘기로구나."

"예, 하지만 크게 심려할 필요도 없다고 봅니다. 저는 그와 전력을 다해 싸우고도 살아남았습니다. 그리고 성취를 이루었지요. 그가 저를 벨 수 있는 기회는 이번이 마지막이었어요."

"다음번에 마주하면 네가 확실히 승리할 수 있다는 뜻이더냐?"

악운은 조금의 주저함도 없이 고개를 끄덕였다.

그건 수 없는 패배와 절망을 견뎌 온 자의 확신이었다.

"넘어설 수 있습니다. 반드시요."

이제껏 악운을 봐 온 악정호와 가솔들은 악운의 확신이 결코 어설픈 객기가 아님을 느꼈다.

악운이 그렇다면 정말 가능성이 높은 것이다.

"그럼 우리 가문은 이번에야말로 혈교의 난을 종식시킬 수 있을지도 모르겠구나."

"그래야만 합니다."

"좋다. 아비는 야율 당주의 장례를 치른 후에 낙양으로 갈 게야. 너도 후발대로 합류하거라. 이미 떠날 준비는 사마 각주와 백훈 대주가 대부분 갖춰 놓았다."

"맹의 일을 계속 진행하고 계셨던 거군요."

"왜, 아비와 가솔들이 맥없이 주저앉아 있기라도 했을까 봐?"

"아뇨."

정말 아니었다.

쓰러지는 순간에도 악운은 악정호와 가문이 계속 싸울 것임을 확신했다.

"그러실 줄 알았습니다."

"그럼 쉬거라. 그리고 신 각주가 맹의 일이 끝나고 좀 찾아오라 하더구나."

"왜요?"

"네가 깨어나기 전에 일으킨 기파로 인해 여기 사방에 난 문들이 박살 났었거든. 비싼 문짝이라고…… 전부 다 청구한다던데."

"아…….."

"어쩌겠느냐. 가문의 살림은 아비 몫이 아니야."

악정호가 어깨를 으쓱인 후에 밖으로 나갔다.

"갑시다, 언 대주."

"예, 가주님."

언성운이 악정호를 따라나서기 전 악운에게 나직이 말했다.

"깨어나 주어 고맙소, 소가주."

악운은 언성운의 진심을 느끼며 대답 대신 고개를 숙였다.

악운이 깨어난 이후, 시간은 금방 흘렀다.

진상 조사를 나갔던 백홍휴는 가문으로 귀환하여 악정호에게 상황을 보고했고 노르 또한 무사히 낙양으로 향하고 있다고 인편을 보내왔다.

그동안 악운은 야율 당주의 친지 및 가솔 들과 함께 장례에 함께했고, 깨어나지 못한 금벽산을 찾아가 종종 간호했다.

석씨 가족이 금벽산을 정성으로 돌본 덕분인지, 금벽산의 상세는 며칠 새 크게 좋아졌다.

그 외의 시간에는 사색에 잠기거나 동생들과 함께 지냈다.

그러다 보니 어느새 후발대가 떠나는 날이 다가왔다.

떠나기 전 날 밤.

악운은 잠이 오지 않아 금벽산을 찾았다.

"우의장…… 이제 내일이면 떠날 것 같습니다. 계속 함께 있고 싶지만, 그것만이 우의장이 내게 원하는 것이 아님을 압니다.."

악운은 거친 금벽산의 손을 마주 잡고, 혼세양천공의 기운을 흘려 넣었다.

그간 그를 방문할 때마다 악운은 혼세양천공의 기운을 통해 금벽산의 몸 안에 활력을 불어 넣었다.

우(宇)의 경지에 이르렀다고 해서 죽은 사람을 부활시키거나 뽑힌 눈을 다시 재생시키는 건 불가능했다.

그러나 혼세양천공의 기운에는 강한 재생력과 활력이 담겨 있었다.

굳어 있던 금벽산의 전신 어혈을 풀어 주고, 금벽산의 기를 도인하여 전신에 강한 활력과 재생력을 북돋아 준 것이다.

그 덕분인지 미약하기만 하던 맥은 이제 점점 웬만한 범부의 맥처럼 크게 약동해 가는 중이었다.

그 순간.

"콜록……."

기침 소리와 함께 미동조차 없던 금벽산의 몸이 잘게 흔들렸다.

"우의장?"

악운의 부름에 금벽산이 희미한 음성을 냈다.

"무, 물을……."

악운은 서둘러 물을 준비하여 금벽산의 입가에 조금씩 흘려 주었다.

꼴깍, 꼴깍.

한참을 말없이 물을 받아먹은 직후에야 금벽산이 작게 숨을 돌렸다.

"끄으……."

하지만 온몸에 흉터처럼 남은 상처들이 주는 후유증인지, 금벽산이 고통 섞인 신음을 흘려 냈다.

"잠깐만 기다려요."

악운은 그의 주변에 있는 침통을 열고는 그가 겪는 여러 가지 통증이 무뎌질 수 있도록 여러 곳에 침을 꽂았다.

그리고 한참이 지나서야 금벽산이 갈라진 목소리로 입을 열었다.

"고맙소. 한결…… 낫구려."

"다행입니다."

"눈을 잃은 게로군."

금벽산은 어떻게 된 상황인지 굳이 묻지 않았다.

믿기지 않을 만큼 담담한 반응이었다.

"……용서하십시오."

"소가주."

"예."

"내가 가장 두려웠던 게 무엇인 줄 아시오?"

"……."

"소가주가 죽는 거였소. 수없이 그 악몽 속에 잠들어 있었지. 하지만 지금 소가주의 목소리를 들으니 내가 꿨던 악몽은 현실이 되지 않았던 모양이오. 그러니……."

금벽산이 악운의 손을 으스러지도록 꽉 쥐었다.

"부디…… 계속 나아가시오, 내 희생이 헛되지 않게."

악운의 눈에서 소리 없는 눈물이 흘러내렸다.

⊰❈⊱

악가의 후발대가 제녕에서 출발했다.

알하를 선봉으로 한 후발대는 악정호를 중심으로 악운, 사마 각주, 백훈, 호사량이 주축으로 악로일당이 호위를 맡게 됐다.

두두두.

악가의 깃발을 세운 백여 명의 기마대가 언덕 위를 오르고, 겨울 평야를 가로질렀다.

물길은 얼어붙은 곳이 많아서 배보다는 육로를 활용하는 편이 여러모로 나았다.

이동은 별다른 문제없이 쾌속했다.

가는 길에 산적은 모습조차 보이지 않았고, 추운 것을 제외하고는 날도 맑아서 이동하기에 좋았다.

그 여세를 몰아 악정호는 추운 땅에서 노숙하는 것보다는 차라리 밤낮 없이 달려 하남성 개봉으로 진입하는 쪽을 택했다.

그 덕분에 얼마 지나지 않아 악가 후발대는 삼대 고도 중하나로 불리는 개봉 관문에 진입했다.

그제야 선봉에 있던 알하가 말의 속도를 늦춰 악정호의 곁으로 말을 몰았다.

"이제 개봉입니다, 가주님."

"길을 안내하느라 노고가 많았소."

"아닙니다."

"선발대는 이미 낙양에 도착했겠군."

"저희가 출발할 때 이미 하남성에 접어들었으니 이미 도착하여 남궁세가와 접선해서 소림의 방장을 뵈었을 겁니다."

악정호는 굳은 표정으로 고개를 끄덕였다.

"방장께서 놀라시겠구려. 마주하기 힘든 일일 테니⋯⋯."

항주에서 오랫동안 각 문파나 가문에서 찾았던 실종자들의 시신과 유산이 묻혀 있었다는 건 유구한 역사를 자랑하는 명문 정파에게는 참담하고 수치스러운 일이었다.

"이 일이 정파를 결속시킬 수 있으면 합니다."

"쉽지는 않을 게요. 혼란스러운 상황들이 도처에서 벌어지고 있으니⋯⋯."

결코 무너지지 않을 거 같던 사천당가가 악가에 무릎 꿇어 봉가를 선포한 현재.

중원 무림은 그야말로 수많은 혼란에 휩싸이고 있었다.

우경전장의 주 수입원 중 하나였던 인신매매를 기반으로 한 노예 시장이 세간에 드러났고, 제갈세가와 손을 잡은 청성파가 우경전장의 모든 지부를 박살 내어 오경회를 참수

했다.

그뿐인가?

석가장의 후계자 싸움이 끝나고, 무당의 속가제자인 석은 광이 실권을 쥐었다.

실권을 쥔 석은광은 스스로의 힘을 과시하듯 석가장 일대의 중소 상단과 중소 문파, 무관 등을 일제히 석가장 휘하에 영입하고 인수했다.

그 과정에서 반대하던 문파나 상인들이 실종되거나 죽은 것이 우연이 아니라는 얘기가 감돌았다.

"그래도 마냥 나쁜 소식만 있는 것만은 아니잖습니까."

"하긴, 인생사새옹지마라……. 건 대인이 그리될 줄 누가 알았겠소."

이동하는 동안 노르의 인편이 당도했다.

그간 내부 암투가 지속되던 개방파의 후개(後丐) 내정이 갑 자기 끝나 버렸다는 소식이었다.

무림맹 회합을 위해 대표가 뽑혀야 했고, 더 이상 후개의 자리를 비워 둘 수 없었던 것이다.

그런데 놀라운 상황이 벌어졌다.

병마에서 잠시 일어난 방주가 개방의 규율을 행하는 육결, 법개와 칠결, 장로들을 따로 불러 후개가 아닌 다음 대 방주 를 정해 버린 것이다.

그 주인공은 놀랍게도 무림맹 재건을 위해 앞장서고 있던 분타주 건봉효였다.

단번에 후개를 정하는 권력이 건봉효에게 쏠리자 경쟁하던 오결 제자들은 순식간에 목적을 상실했다.

해서 건봉효는 현재 전대 방주에게 용두타구봉(龍頭打狗棒)을 이어받는 의식을 치르고 맹의 회합을 위해 오고 있는 중이었다.

"건 대인이 개방 방주가 되었다라……. 참으로 큰 힘이 되겠어."

개방은 방주의 실권이 큰 집단이다. 내부의 분열이 있어도 외부의 적이 생기면, 결속하여 뭉친다. 혈교라는 적을 앞두고 개방은 건봉효를 중심으로 뭉치게 되리라.

"사마 각주는 어찌 생각하시오?"

"가주님 말씀대로 분명 희소식이지요. 아마 이번 맹의 재건 회합은 정파가 새로운 구심점을 일으키는 계기가 될 겁니다. 더구나 우리에게는 맹의 화합을 위한 최종 병기가 있잖습니까?"

사마 각주가 씩 웃으며 악운을 돌아보았다.

백훈이 하얗게 질린 악운의 얼굴을 보며 의미심장하게 웃음 지었다.

호사량이 그 표정을 살피며 타박하듯 물었다.

"그리 좋으냐?"

"그러는 네놈은 왜 히죽거리는데?"

"내가 언제?"

대답만 그럴 뿐, 호사량은 누가 봐도 간신히 웃음을 참고 있는 표정이었다.

❦

같은 시각, 낙양의 무림맹.

금강호성(金剛護聖) 달천이 남궁문과 독대를 나눴다.

"허허, 적어도 맹의 재건은 빈승의 대에서는 오지 않을 줄 알았다오."

"방장의 말씀대로 무림의 미래를 어둡게 본 것은 나 역시 마찬가지였소. 하나 천하의 정세는 분명 바뀌고 있소."

"맞소. 많은 것이 변하고 있지."

서안, 개봉을 포함해 삼대 고도라 불리는 낙양에는 대대로 정파 연맹의 중심으로 자리했던 무림맹 본부(本府)가 자리 잡고 있었다.

하지만 태양무신의 사후 맹은 유명무실해졌고, 각 파는 서로의 목적을 위해 많은 갈등을 빚었다.

그 결과는 참혹했다.

한때 총본산이라 불릴 만큼 거대한 부지 위에 세워진 십수 개의 전각은 주인을 잃고 마치 봉문한 문파처럼 숨죽인 것이다.

중요 도시 도처에 있던 지부는 모두 폐쇄됐고, 그나마 명분을 위해 존재하는 본부에는 은퇴 직전의 노인 무사들로 가득해졌다.

한데 소림의 방장과 남궁세가의 가주가 다시 맹에 발을 들이며 천하의 흐름이 다시 낙양에 몰렸다.

그건 아무도 예상하지 못한 극렬한 변화였다.

"산동악가의 재건이 그 시작이었던 게지."

"인정하오. 느낀 것이 많았지. 해서 방장……."

"말씀하시오."

"우린 태양무신의 사후, 오랜 세월 많은 것을 묵인하며 지켜봐 왔소. 정파의 결속을 지키기 위해 또 다른 피해를 묵인하고 지켜봤지 않소?"

남궁문의 진심이 닿은 것인지 달천은 묵묵히 공감했다.

"가주께서 하고 싶은 말이 무엇이오?"

"이번 회합에서 우린 썩은 환부를 인정하고 도려내야 하오. 그리고 그 명분이 될 유산이 지금 낙양에 당도했소. 그건 오랜 세월 혈교의 지부가 감추고 있던 각 파, 각 가문의 실종자들이오. 그리고 이전에 미리 말씀드렸다시피 그런 행위들을 '금정회'라는 자들이 묵인해 왔소."

"허어…… 아미타불……."

달천은 탄식했다.

남궁문을 통해 미리 접했던 정보였지만, 실제로 마주할 때가 되자 마음이 참담했던 것이다.

"믿기지 않는구려. 효명사태마저 가담했다라…….."

아미파의 장문인이며 팔우(八宇)의 일인으로, '멸절난마후(滅絶亂魔后)'라 불릴 만큼 사마외도를 극도로 증오한다고 알려져 있는 여인이었다.

"그것이 평화를 유지하는 길이라 믿었을지도 모르오. 끝없이 합리화하고, 그로 인한 문(門)의 번성이 천하의 평화라 생각했겠지. 내가 그랬듯이…….."

"결속이 아닌 큰 전쟁이 벌어질지도 모르오. 정말 그들이 금정회라는 조직을 유지했다면 당가의 봉가는 그들에게 큰 위협을 주었을 것이오. 위협을 느꼈다면 예민해지는 법이지."

"모두가 갈등이 두려워 오랜 세월 가짜 평화에 속아 살았소. 그사이 혈교의 잔재가 천하를 좀먹고 있었다오. 더 이상 두려워하고 있을 수만은 없소. 마주해야 하오."

"맹의 재건이 아닌 커다란 전쟁으로 발발할 수 있음에도 말이오?"

"그러지 않기 위해 맹의 재건을 요청한 것이오."

"…….."

"오랜 세월 분열과 아집의 이유였던 태양무신의 심득을 비롯한 유산들을 공식적으로 폐기하고, 맹의 뜻에 따라 각 파가 혈교와 거래 했던 모든 증좌를 스스로 내놓게 해야 하오. 그 후 맹의 규율에 따라 필요하다면 봉문까지 받아들여야 할 것이오. 맹의 이름으로 행한다면 그들도 쉬이 전쟁을 불사하지는 않을 것이오."

남궁문의 단호함에 달천은 지그시 눈을 감았다.

"하나 혼란을 가중시키는 것은 아닌지……."

쉬이 동조하지 못하는 달천을 보며, 남궁문은 최근 벌어진 일에 대해 언급했다.

"방장, 금정회의 정체를 드러낼 증좌를 수송해 오던 악가의 수송대가 습격당했소. 이미 방장께서 고려하던 평화는 깨진 지 오래요."

"악가가…… 습격당했다?"

"따로 정보망을 가동해 확인해 보시오. 악가는 이번 일로 가솔들을 또 한 번 잃었지만, 그럼에도 맹을 위해 증좌를 무사히 당도시켰소. 이것이 무엇을 뜻하는지 모르시겠소?"

감고 있던 달천이 은은한 서기를 보이며 눈을 떴다.

"더는 지켜만 볼 수는 없겠구려. 소림은 이번 무림맹 회합에서 금정회의 사안을 다루는 데 동의하겠소. 하나 소림의 동의만으로는 쉽지 않을 것이오."

"걱정 마시오. 화홍단의 일로 하북팽가가 본 가에 동의했고, 내부 분란이 끝난 황보세가는 무림의 개혁에 찬성했소. 제갈세가는 아무래도 상황에 따라 움직일 것이오. 과반수와 명분은 이쪽에 있소. 그에 더해 금일 방장께서 동의하게 되셨으니……."

남궁문은 회합이 원활하게 이뤄질 가능성이 높다는 생각이 스쳤다.

　청성과 화산은 무슨 이유에서인지 최근에 무림맹 재건에 힘쓰겠다고 공식 문서를 보내올 만큼 긍정적으로 변했고 곤륜은 악가와 연이 있는 곳이며 개방은 악가와 협력해 오던 건 분타주가 방주가 됐다.

　'그간의 노력 덕분인 게야.'

　남궁문은 뿌듯하면서도 지난 일들이 스쳐 지나갔다.

　"어찌하여 진작 이러지 않았을까 싶소. 두려움을 마주할 용기만 냈더라도 천하에 암운이 이리 깊게 스며들지는 않았을 터인데…….."

　"지난 일에 연연한다면 내 안의 그늘은 깊게 자라날 뿐이라오. 마음이 모든 것이며 진리이니, 마음이 바뀌었다면 바뀐 마음이 곧 남궁 가주가 되는 것이오."

　"예나 지금이나 방장의 깊은 수양에 탄복할 따름이오."

　달천이 쓰게 웃었다.

　"빈도 역시 그저 수많은 불제자의 하나일 뿐, 끝없는 번민에 괴로워하는 것은 남궁 가주와 다르지 않소. 부디 우리의 선택이 천하를 위해 더 나은 길이 되길 바랄 뿐이오."

　"그럴 것이오."

　남궁문이 결연한 눈빛으로 대답했다.

호북성 융중산 부근 다루(茶樓).

갈색 장포를 두른 노파가 시비의 안내를 받아 귀빈실로 들어섰다.

드륵.

문이 열리자 고요한 실내, 팽팽한 긴장감이 노파의 피부에 와닿았다.

"다들 일찍 당도하셨나 보오."

"앉으시오."

코에 점이 난 중년인이 무겁게 입을 열었다.

노파는 고개를 끄덕인 후 비어 있는 자리에 앉았다.

"개방의 눈이 많아졌더구려. 되도 않는 인피면구를 뒤집어쓰고 제자에게 내 흉내까지 시켰소. 덕분이오."

점이 난 중년인이 다시 입을 열었다.

"사태는 진정하시오. 모두 같은 상황이니 흥분할 때가 아니오."

중년인의 제지에 효명 사태는 다시 입을 열려다 다시 참았다.

일단은 이야기를 들어 볼 참이었다.

때마침 점이 난 중년인이 대화를 주도하며 말했다.

"혈교 측에서 이 어려운 시기에 모두를 초대한 데에는 그

만한 까닭이 있으리라 보는데……."

"맞소. 본 교가 이런 어려움을 겪는 가운데 여러분을 부른 것은 분명 큰 결정을 하기 위함이라오."

사희가 요사한 눈을 빛내며 계속 말을 이었다.

"곧 소식이 들릴 테지만, 우린 얼마 전 곤륜파를 멸문시켰소. 다만 소수의 생존자를 놓친 터라 조만간 세간에도 알려질 것이오."

동시에 공동파의 장문인인 명룡진이 대놓고 적의를 드러냈다.

"미친 게로군. 이 상황에 곤륜을 쳤다는 것이 우리에게 어떤 여파를 일으킬지 몰라서 그러는 것인가!"

하나 사희는 조금의 흔들림도 없이 눈웃음을 지었다.

"아직 내 얘기 안 끝났다오. 더 들어 보면 꽤나 흥미로울 게요. 이대로 대화를 종식시키고 고립되시겠소? 아님, 활로를 찾아보시겠소?"

사희는 이 순간 자리를 뜨지 않는 그들을 보며 확신했다.

금정회는 분명 초조해져 있었다.

❦

개봉에 도착하자마자 악정호는 미리 봐 두었던 객잔에 짐을 풀었다.

백여 명이 넘는 가솔들이 묵어야 하는 터라, 산동상회 측에서 미리 개봉에 가문만을 위한 객잔을 넉넉한 일정으로 빌려 두었던 것이다.

사 층짜리 객잔은 작지 않은 마방(馬房)까지 달려 있어서 타고 온 말들을 잠시 묶어 두고 쉬게 할 수 있었다.

더구나 전역에서 몰리는 인파를 감안하면 호사 중의 호사였다.

그만큼 맹의 회합이 중요한 화제 거리가 된 것이다.

"미리 객잔을 빌려 두지 않았다면 꼼짝 없이 노숙을 해야 했겠소."

마주 앉은 사마수가 동의했다.

"그러게 말입니다. 예상보다 무림맹 재건에 대한 기대감이 이리도 클 줄은 몰랐습니다. 맹의 재건이 새로운 등용문의 기회가 되리라 보는 듯합니다."

"사실이기도 하지 않소. 자, 우선 드시면서 이야기합시다."

"예."

악정호는 일 층 탁자에 놓이기 시작한 요리들을 맛보며 하나둘 자리를 채우는 가솔들을 둘러봤다.

"운이는 벌써 길을 나섰소?"

사마수가 웃음을 지으며 말했다.

"예, 남궁 소가주가 직접 이곳까지 찾아와서 데려가더군요, 껄껄! 마침 개봉에서도 소개시켜 줄 후기지수들이 있나 봅니다."

"흐음…… 걱정이구려."

악정호가 묘한 표정으로 볼을 긁적였다.

"잘해 낼 겁니다. 본래 혼란한 시기가 아니었다면 소가주도 같은 나이 대의 후기지수들과 교분을 쌓는 일이 많았어야 했을 테지요. 게다가 이미 천하를 호령하다 못해 저희 가문의 중추 역할을 하는 소가주가 아닙니까? 금세 젊은이들을 매료시킬 겁니다."

"대신 워낙 직설적이잖소, 호 부각주처럼 말이오. 남궁진 그 친구도 우리 운이 못지않게 직설적이던데 걱정만 느는군."

"크흠, 그거야……."

사마수는 순간적으로 딱히 할 말이 떠오르지 않았다.

"이쪽은 모용세가의 소가주 모용훈. 옆은 그 동생 모용혜미, 그 옆은 하북팽가 가주님의 둘째 아들 팽락, 바로 옆에는 제갈세가의 대공자 제갈지평과 그 여동생 제갈민. 나머지는 모르겠군."

남궁진은 소개를 끝내고 의자 두 개를 가져와 털썩 앉았다.

"다들 내 이름은 아실 테고, 이쪽은……."

곁에 있던 악운이 입을 열었다.

"악운이오."

"됐군."

남궁진이 희미하게 미소 지은 후에 팔짱을 꼈다.

마치 자기 할 일은 다 했다는 듯한 시원한 표정.

그 순간 장내의 정적을 깨고 한 사람이 입을 열었다.

"어찌 모르겠습니까? 세간을 떠들썩하게 하는 최고의 고수 중 하나인데. 반갑소, 악운 소협. 나, 모용세가의 모용훈이오."

요녕성에 자리 잡은 모용세가는 오대세가의 한 축이 되지는 못했지만 오랜 세월 유지해 온 전통과 무공, 그리고 학식으로 유명한 집안이었다.

악운이 마주 인사했다.

"처음 뵙겠소."

"남궁 형님도 오랜만에 뵙는군요. 십 년 전에 한 번 뵈었지요."

악운은 그 얘기를 듣자마자 떨떠름한 표정으로 남궁진을 쳐다봤다.

말이 소개지, 별로 친한 것 같아 보이지도 않았다.

반면 남궁진은 아랑곳하지 않는 뻔뻔한 얼굴로 고개를 끄덕였다.

"그렇군. 반갑소."

"아…… 예. 저도 그렇습니다만."

모용훈은 그 이후의 말은 굳이 뱉지 않았지만, 악운은 그 눈빛을 보자마자 눈치챘다.

남궁진은 분명 이들에게 불편한 손님이었다.

악운은 헛웃음이 나오는 것을 억지로 참았다.

'그러면 그렇지. 누가 누굴 소개시켜 준다는 건지…….'

악운은 문득 호사량이 했던 이야기가 스쳐 지나갔다.

　-그는 오랜 시간 다양한 후기지수를 경험하며 컸소. 세 가나 문파 간의 회합을 오가며 만났던 인연들이 많을 것이오. 그들을 소개받고 대화를 나눠 보시오.

'부각주가 틀렸군.'

악운은 누가 봐도 불편한 후기지수들을 쳐다보다가 다시 남궁진을 쳐다봤다.

남궁진은 혼자 편해보였다.

"이 자리엔 무슨 일이오? 우리 휘룡회(輝龍會) 모임에 초대를 한 것 같지는 않소만."

사각 턱에 기골이 장대한 사내가 입을 열었다.

팽가 가주의 둘째 아들인 팽락이었다.

또한 그가 언급한 휘룡회는 오대세가의 자제들이 만든 무리들 중에서도 자주 언급될 만큼 유명한 친목 모임이었다.

팽원의 일로 애초에 산동악가나 남궁세가가 썩 마음에 들지 않았던 팽락은 초대받지도 않은 손님들인 두 사람에게 대놓고 불편한 심기를 드러낸 것이다.

그러자 여인보다 턱선이 고운 청년이 입을 열었다.

"그쯤 하시지요, 팽 형. 남궁 소가주께서도 우연히 저희를 알아보고 인사나 나누러 온 것일진대요."

제갈지평마저 남궁진을 두둔하고 나서자 팽락의 눈썹이 꿈틀거렸다.

동시에 창백하다 못해 새하얀 피부를 지닌 청초한 여인이 입을 열었다.

"제갈민이에요."

반면 냉막하다 못해 무표정인 제갈민과 달리 발랄한 표정의 여인도 보조개를 보이며 웃음 지었다.

"모용혜미랍니다."

이어서 남궁진이 모르겠다고 표현한 일부 자제들이 인사를 건넸다.

광서성에서 대형 전장을 우영하는 신망전장의 소장주인 온조심, 호남성에서 상단과 표국을 동시에 운영하는 백효상회의 소회주 장룡이었다.

악운이 그들과 인사를 모두 나눈 직후.

모용혜미가 불쑥 악운에게 질문했다.

"요즘 악 소협을 천개신룡(天開新龍)이라 부르면서 사람들이 떠들던데요. 이제 구융 문주 대신 천하사패의 일인이라면

서요? 정말 구융 문주를 일 창에 꺾었나요?"

"혜미야, 실례다."

모용훈이 인상을 쓰며 타박을 하자, 모용혜미의 표정이 시무룩해졌다.

그러나 대답은 전혀 다른 곳에서 나왔다.

"사실이오. 내가 증명하지."

남궁진의 단호한 음성에 일부의 입에서 짧은 탄성이 흘러나왔다.

그중 모용훈은 진심으로 감탄했다.

"남궁 소가주께서 보증한다면야 소문이 사실인 것 아니겠소? 굉장하구려."

그 순간 팽락이 자리에서 일어났다.

"그런 의미에서 비무 한 번 하는 건 어떻소, 악운 소가주?"

갑작스러운 그의 제안에 남궁진이 피식 웃었다.

"왜 웃소?"

"괜히 웃음거리 되지 말고 앉으시오. 우물 안 개구리처럼 편한 삶을 살아온 그대와 온갖 전장을 전전해 온 악 소가주는 비교 상대가 아니오."

팽락의 눈썹이 꿈틀거리며 패도적인 기운이 흘러나왔다.

"뭐요?"

"하아, 다들 진정하십시오."

"제가 괜한 질문을 꺼냈나 봐요……."

모용 남매가 두 사람을 말리려 애를 쓰고 있었지만 의외로 나머지 일행은 이들을 그저 지켜보기만 했다.

온조심과 장룡은 이 상황에 끼기 싫어서 한발 물러나 있는 눈치였고, 제갈지평은 꽤나 흥미로운 눈치를 보였다.

그와는 대조적으로 제갈민은 아무 관심 없이 술만 홀짝였다.

시끌벅적한 상황 속에 침묵하던 악운이 입을 열었다.

"그럼 제안 하나 하지요. 괜히 시끌벅적해지는 건 싫으니……."

악운은 허리에 차고 있던 주작을 연결하여 장창화시켰다.

철컥.

곧장 날카로운 창날을 살핀 장룡이 눈을 빛냈다.

"겉보기에도 신병이기로군."

그의 나직한 중얼거림과 함께 악운의 말이 이어졌다.

"지금 내 독문병기에 일정 내공을 주입하여 무겁게 했소. 할 수 있다면 들어 보시오. 누구든 상관없소."

담담한 악운의 대답에 남궁진이 피식 웃었다.

늘 느끼는 거지만 악운의 대처는 자신보다 나았다.

"내가 하지."

팽락은 콧김을 뿜으며 탁자 위에 올려둔 악운의 창을 집었다.

최근 팽가는 팽원의 말썽으로 인해 오대세가 내에서 많은 곤란을 겪어야 했다.

남궁가와 악가가 잘못한 것은 아니었으나, 마음에 들지 않는 것은 어쩔 수 없었다.

배 다른 형제이자 늘 눈엣가시였던 팽원 때문에 나선 게 아니었다.

늘 건방진 태도만 보이는 남궁진의 콧대를 꺾는 동시에, 최근 높아진 명성으로 인해 오만해졌을 악운도 눌러 주고 싶을 뿐이었다.

콰악!

동시에 팽락의 손에 핏줄이 돋았다.

'안…… 움직여.'

눈을 부릅뜬 팽락은 한 손으로 들려던 것을 멈추고는 양손으로 주작을 잡으며 자세를 잡았다.

팽가의 철혈심공이 두 팔에 흐르자, 팽락의 손과 주작 안에 깃든 기운이 팽팽하게 맞섰다.

웅, 웅!

주작이 기의 충돌로 인해 강하게 공명했다.

하지만 요란한 소리와 달리 주작은 꿈쩍도 하지 않았고, 팽락의 온몸은 점점 진한 땀으로 젖어들었다.

"으아아아!"

팽락은 포기하고 싶지 않았는지 쩌렁쩌렁한 기합까지 터

트리며 창을 잡아당겼지만, 그가 디디고 있는 애꿎은 객잔 바닥만 깊게 파일 뿐이었다.

콰지짓!

남궁진은 바닥에서 튀어 오른 장판 조각을 손으로 가볍게 튕겨 낸 후 말했다.

"그쯤 하지. 누가 봐도 실패잖소."

팽락은 말없이 주작을 쥔 채 숨을 헐떡였다.

정말 사력을 다해 기운을 쏟았지만 주작은 조금도 움직이지 않았던 것이다.

모용훈은 경악 섞인 눈빛으로 나직이 중얼거렸다.

"맙소사……."

팽락의 신력(神力)과 명문자제다운 웅혼한 내공은 휘룡회 내에서 모두가 인정하는 바였다.

그런데.

악운은 그런 그를 직접 상대하지도 않고 그저 독문병기만으로 천외천의 격차를 보여 줬다.

경악으로 조용해진 분위기 속에 남궁진만 흡족하게 웃음 지었다.

"내가 뭐랬소?"

"정녕, 이자가……!"

팽락이 이를 갈았다.

하지만 맹의 회합이 코앞에 와 있는 상황이었기에 팽락은 더 이상 소란을 일으키지 않고 다시 창을 노려봤다.

이미 불가능하다는 건 알지만 팽가의 자존심이 이를 받아들이기 힘들게 했다.

팽락은 다시 창을 손에 쥐었다.

"한 번 더 해 보겠소."

그때 지켜보던 악운이 나섰다.

"그쯤 하시지요. 팽 대협의 기세와 높은 실력은 충분히 느꼈습니다. 이것으로도 부족하다면 후일 비무를 겨루는 게 어떻습니까?"

악운은 먼저 말투를 공손하게 바꿔서 팽락을 존중해 주었다.

팽락이 자존심 때문에 물러서지 못하는 것을 느끼고는 일부러 한 수 접어 준 것이다.

팽락은 이를 느끼고는 결국 창에서 손을 내려놓았다.

"비무는 반드시……. 약조 지키시오."

"예, 당장은 힘들겠지만 언젠가 약조를 지키지요."

악운의 현명한 행동으로 인해 경직된 분위기가 그제야 조금 풀리던 찰나.

지켜보던 모용혜미의 눈이 반짝였다.

'멋있어…….'

강북삼화(江北三花) 중 한 명으로 꼽힐 만큼 아름답다는 찬사를 많이 받아 온 그녀는 이제껏 여러 후기지수를 만나 봤지만 늘 감흥이 없었다.

하지만.

옥룡불굴 아니, 최근 천개신룡이라는 별호로 불리기 시작한 악운은, 이제까지 봐 온 사내들과는 비교도 안 될 만큼의 용모를 지녔을 뿐만 아니라 지닌바 패기와 기개도 남달랐다.

'연인이 있을까? 뭘 좋아하려나?'

순식간에 악운에 대해 호기심이 증폭한 그녀의 눈빛에 곁에 있던 모용훈이 설레설레 고개를 저었다.

"적당히 쳐다봐라. 악 소협 얼굴 닳겠다."

"닳아도 잘생기셨을걸요."

"……얘가 점점?"

노골적인 모용혜미의 관심에 제갈지평이 웃음을 터트렸다.

"모용세가의 공녀께서 악운 소가주에게 관심이 있으신 모양이오?"

"네."

모용혜미의 솔직한 반응에 팔짱을 끼고 있던 남궁진이 말했다.

"흐음, 연심을 품어도 함께 시간을 보내기는 힘들 것이오."

모용훈이 떨떠름한 표정으로 물었다.

"남궁 형님, 그게 무슨 말씀이십니까?"

"악운 소가주는 늘 바쁘오. 남는 시간에는 비무해야 할 상대가 즐비하지. 내가 그 첫 번째요."

"하하, 농담도 하실 줄 아셨습니까?"

모용훈은 농담인 줄 알고 어색하게 웃었지만, 진지한 남궁진의 표정을 보고는 혀를 내둘렀다.

악운은 남궁진이 뭐라 하든 내버려 두기로 했다.

모용혜미의 노골적인 관심을 받는 것보다야 남궁진 쪽이 덜 부담스러웠다.

그때였다.

잠자코 주작을 보고 있던 제갈민이 일어났다.

"아직 도전자 남았어요."

주작 앞에 서는 제갈민을 보며 악운이 옆으로 비켜섰다.

"정 그러시다면야……."

창백해 보이기까지 하던 제갈민의 눈빛에서 강렬한 기세가 흘러나왔다.

"수단과 방법은 딱히 상관없겠죠?"

"네."

악운의 대답을 듣자마자 그녀는 품속에서 날카로운 판관필을 꺼냈다.

사각사각.

그리고는 빠른 속도로 주술이 근간이 된 초소형의 기문진을 그려갔다.

"호오……."

단번에 제갈민의 의도를 읽은 제갈지평이 흥미로운 눈빛을 보였다.

그사이에 제갈민은 진법을 완성했고, 그녀의 기운이 새겨진 작은 글자들이 '육합봉인법(六合封印法)'이라는 초소형 진을 완성했다.

그녀의 목적은 하나였다.

'창을 들 수 없다면 창에 주입된 내공을 흩트려야 해. 어차피 창 안에는 한정적인 내공만 깃들어 있을 테니까. 그것만 누르고 가두면…….'

그녀의 입가에 희미한 미소가 맺혔다.

"된다."

처음으로 그녀가 집어 든 주작에 작은 떨림이 생겼다.

모용훈이 진심으로 감탄했다.

"과연 현묘지낭(玄妙之囊)이구려."

"대단해요, 언니!"

제갈민은 이제 주작이 들릴 일만 남았다고 생각하며 마주 서 있는 악운을 차분히 응시했다.

따로 팽락과 친분이 있어서 그를 돕고자 나선 건 아니었다.

무인들의 자존심, 힘 싸움은 지겨웠다.

다만 그녀는 늘 불가능한 것에 도전하는 시도를 해 왔고,

그건 모든 상황에 대입됐다.

화경에 이르렀다고 알려진 악운은 그녀에게 있어 도전해 볼 만한 가치가 있었던 것일 뿐이다.

피식.

그녀가 흡족한 미소를 맺은 순간.

주작이 급격히 무거워지며 더 들어올리기는커녕 조금 들어 올린 것마저도 다시 떨어지게 생겼다.

'대체 어째서?'

놀란 그녀는 황급히 내공을 일으켜 봤지만 허사였다.

그럴수록 그녀의 온몸이 땀에 젖어들며, 팽락의 이전 상황과 다를 바가 없어졌다.

오히려 팽락보다 더 버티지 못하고 파르르 몸을 떨었다.

"그 정도면 됐습니다."

악운이 그녀 대신 주작을 받아 내며 다시 허리께로 거둬들였다.

"후우, 후우⋯⋯."

거친 숨까지 몰아쉬며 진땀을 흘린 제갈민은 도무지 믿기지 않는 표정이었다.

'고작 저 창 한 자루도 못 들었다고?'

제갈민은 이 상황을 받아들이기 힘들었다.

화경의 고수를 경시해서가 아니다.

오랜 세월 가문의 지원을 통해 쌓아 온 내공과 기문진의 공부를 믿었다.

그런데.

그 모든 공이 무너진 기분이었다.

"육합봉인법은 분명 좋은 판단이었습니다. 내공의 우열에서 밀린다면 창 안에 흐르는 기를 흐르지 못하게 차단하여 가둔 후에 공략하는 편이 낫습니다."

지켜보던 제갈지평의 눈에 이채가 흘렀다.

'육합봉인법을 안다고? 우리 가문의 비전 주술 기문진 중의 하나를 어디서 견식했던 거지?'

제갈민도 같은 생각을 한 듯 물었다.

"어떻게 육합봉인법을 아는 거죠?"

"이제껏 수많은 책을 읽었습니다. 그중에는 제갈세가의 진법과 관련된 공부를 견식한 이의 기술서도 존재했습니다. 이를 통해 대략적이나마 짐작했을 뿐입니다."

미심쩍은 바가 많았지만 악운의 말이 가진 진의 여부는 누구도 확인할 수 있는 게 아니었다.

"좋아요. 그건 알겠어요. 하지만 현명한 판단임에도 어째서 들지 못한 거죠?"

"손을 떠나 있어도 이 창은 제 수족과 다름없습니다. 내공의 문제가 아닙니다. 닿지 않아도 의지가 창에 담겨 있으니, 제가 흔들리지 않는 한 창 역시 흔들리지 않지요."

악운이 담담히 언급한 대답에는 심의(心意)의 일부 심득이 담겨 있었기에 경지가 낮은 제갈민에게는 아직 뜬구름 잡는 이야기로밖에 들리지 않았다.

"이해가 되지 않아요. 물리적으로 떨어져 있는 창을 어떻게……."

"눈에 보이는 건 그저 한정적인 것일 뿐, 후일 지금보다 공부가 깊어지면 보이지 않던 것들이 보일 겁니다. 세상은 우리가 보는 것보다 넓어요."

현기마저 담긴 악운의 이야기에 제갈민은 말없이 입술을 질끈 깨물었다.

도무지 믿기 힘든 일의 연속에 잠시 장내에 정적이 감돌았다.

하지만 이들 중 가장 악운의 경지에 가까이 다가와 있는 남궁진만큼은 경악하거나 멍한 표정이 아니었다.

도리어 악운의 이야기에서 앞으로 가야 할 길을 어렴풋이나마 느끼며 희미하게 미소 짓고 있었다.

"통성명은 이만하면 된 것 같은데. 아니오?"

제갈지평이 쉽게 물러나지 못하는 제갈민을 끌어 당겨 앉힌 직후, 어수선한 상황을 빠르게 수습했다.

"남궁 소가주 말씀이 맞습니다. 결례는 이만하면 충분한 거 같습니다. 이만 담소나 나누시지요."

뒤따라 팽락이 자리를 박찼다.

"난 일어나겠소. 이런 상황에서 웃음이나 짓기 위해 앉아 있는 건 내 방식이 아니라서."

"이런…… 제가 한번 잘 얘기해 보지요."

붙잡을 새도 없이 팽락이 떠나자 팽락과 막역한 사이인 온조심이 부리나케 자리를 떠났다.

난감해진 상황에 모용훈이 볼을 긁적였다.

"다른 분들은 남아 계실 것인지……?"

호흡을 가다듬은 제갈민이 의외의 반응을 보였다.

"못 남아 있을 것도 없죠. 매번 보는 얼굴만 보다가 새로운 얼굴을 보니 신선하기는 하네요."

동생의 반응에 제갈지평이 미묘한 미소를 지었다.

"동생이 좋다면 저도 좋습니다."

이미 악운의 매력에 취해 있는 모용혜미가 재빨리 손을 들었다.

"저는 아까부터 찬성이었어요."

이쯤 되자 유순하고 활발한 성품인 모용 남매와 장룡 역시 두 사람의 합석에 당연히 동의하는 분위기가 됐다.

"이보게, 점소이. 요리 좀 더 내오지."

모용훈은 냉각됐던 분위기를 환기하고자 추가로 요리를 주문하면서 끊겼던 대화가 다시 오갔다.

"한데 남궁 형님께서는 본래 홀로 있기를 선호하셨던 것 같은데, 대총문의 일도 그렇고 악 소협과는 꽤나 절친하신 모양입니다?"

악가의무신

남궁진의 대답은 간결하고, 명확했다.

"나보다 세서. 나이와 무관하게 배울 점도 많고."

"아하…… 놀랍습니다. 형님께서 한 수 접어주실 만큼 강하다니. 대체 악 소협은 무슨 수련을 어떻게 해 온 것이오?"

감탄 섞인 모용훈의 질문에 자연히 모든 일행의 시선이 악운에게 모였다.

하지만 악운의 대답도 남궁진 못지않게 짧고 간결했다.

"여러 번 죽을 뻔했습니다."

"생사를 오가는 싸움이라……."

제갈민이 악운을 관찰하듯 면밀히 살피며 중얼거렸고, 제갈평은 악운에게 제대로 꽂힌 동생을 보며 조용히 혀만 내둘렀다.

"그때마다 무섭지는 않으셨어요?"

불쑥 이어진 모용혜미의 질문에 악운이 대답을 하려던 찰나.

"그건…….."

저벅저벅.

한 사내가 탁자로 다가오며 대화에 끼어들었다.

"그 질문에 대한 대답은 나 역시 듣고 싶소만."

제갈지평이 흥미로운 눈빛을 보이며 물었다.

"귀하는 누구신지?"

"아, 소개가 늦었소."

사내는 쓰고 있던 방갓을 벗으며 천천히 얼굴을 드러냈다.

"나, 무당파 대제자 장취봉이오."

신분을 밝힌 장취봉의 눈빛에는 악운을 향한 호승심이 한가득 일렁이고 있었다.

 ❧

밖으로 나온 팽락은 씩씩거리며 저자를 걷고 있었다.

'수치스럽군.'

일평생 수련에 있어서는 누구보다 노력했다고 자부했다.

그래서 가문의 수치도 적당히 되갚을 겸 악운의 명성을 직접 시험해 봤다.

들려오는 경악스러운 위업들을 곧이곧대로 믿지도 않았고, 실제로 경험해 보면 다를 거라 판단했다.

하지만.

'내가 틀렸다. 놈은 강해. 지금의 내가 가늠할 수조차 없을 만큼.'

솔직히 심리적 박탈감마저 느낄 지경이다.

"팽 형, 같이 가시지요."

"함께 시간을 보내지 그러느냐."

온조심이 고개를 저었다.

"됐습니다. 막역한 사이인 팽 형을 두고 그곳에서 무슨 재미있는 일이 있어서 우스갯소리나 하고 있겠습니까? 다른 객잔에 가서 한잔하시지요."

"솔직히 얘기할까?"

"예."

"마음에 들지는 않지만 악운 그자의 언사는 전혀 경솔하지 않았다. 제 실력에 대한 확신과 긍지가 보였을 뿐, 으스대기보다는 한발 물러나서 타인을 배려하더군. 크게 될 자다. 알아 둬서 나쁘진 않아."

"상인에게는 새로운 거래처를 두는 것도 중하지만 기존 거래처와의 신뢰를 유지하는 것도 중합니다. 그러니 내치려고만 하지 마시지요."

"입발림하기는……."

말은 그렇게 했지만 굳어 있던 팽락의 입가에는 희미하게나마 미소가 스쳤다.

"술은 내가 사지."

"좋습니다. 제가 아는 곳으로 가시지요."

온조심이 씩 웃으며 팽락과 발길을 돌리려던 그때였다.

저자의 인파 사이로 낯선 인물들이 다가왔다.

"팽락 대협 되시오?"

"누구요?"

"하하, 반갑소. 나, 공동파의 대제자 광성이라고 하오."

온조심이 나직이 중얼거렸다.

"공동파의 대제자 광 대협이라면 천공진검(穿空振劍)……?"

팽락도 광성을 알고 있었는지 정식으로 통성명을 했다.

"명성 높은 천공진검 선배를 뵙게 되어 영광이오."

"나야말로 하북의 잠룡이라 불리는 왕자십도(王字十刀), 팽락 대협을 마주하게 되어 뜻깊소."

"한데 무슨 일로……?"

"아, 맹의 회합을 위해 이동하던 길에 본 파의 일대제자들과 함께 개봉에 잠시 들렀다오. 그러던 차에 팽 대협을 보게 된 것이지."

"그러셨구려."

"한데 그 얘기 못 들으셨소?"

"무슨 말 말씀이시오?"

"최근에 개봉 내에서 기묘한 전염병이 유행한다고 하던데……."

"못 들었소. 선배께서는 어디서 들으신 소문이오?"

"이 근방 빈촌에서 돌던 소문이니 크게 걱정하지는 마시오. 굶어 죽은 자들을 보고 놀란 이들이 부풀린 소문 아니겠소?"

"하지만 사실이라면 쉽게 간과할 일은 아니지 않소."

"흐음, 그 말도 맞는 말이군. 허면 어째야 하나……. 역병이니 아무래도 물러나는 것이 낫지 않겠소? 듣자 하니 악운소가주가 의술에도 조예가 있다던데 그에게 말하여 해결하는 편이……."

듣고 있던 팽락이 눈썹을 찡그리며 말했다.

"내가 가 보겠소. 진상 파악 정도는 할 수 있을 것이오. 만약 실제로도 역병의 조짐이 보인다면 회합에 참여하는 모든 문파와 가문이 공조해야 하오."

온조심이 눈치를 보며 말했다.

"저도 같이 가겠습니다."

"무리할 거 없다."

"아닙니다."

지켜보던 광성이 씩 웃었다.

"그럼 나 역시 가만히 있을 순 없지. 함께 가리다."

광성이 일대 제자들을 돌아봤다.

"팽 대협을 따라간다."

❧

"이 주변엔 아무도 들이지 마라."

"예, 대사형."

고개를 끄덕인 무당의 일대 제자가 수십 명 정도 되는 제자들과 함께 주변을 에워쌌다.

"잠깐 앉읍시다."

장취봉은 딱히 허락이 필요하지 않았다는 듯 대답을 듣기도 전에 그들 앞에 의자를 가져다 앉았다.

모용훈이 인상을 쓰며 물었다.

"무당의 선배께서 무슨 일입니까?"

"하하, 천천히 대화를 진행하려고 했지만 그리 단도직입적으로 물어보니 직설적으로 대답해 드리겠소."

적대하듯 송문고검을 탁자에 위협적으로 올린 그는 째진 눈으로 일행을 응시했다.

"방금 전에 그대들과 대화하던 팽락 대협은 현재 우리 수중에 있소. 아니, 있게 되겠지. 그래서 하나 묻겠소."

장취봉이 씩 웃으며 말을 이었다.

"여러분들의 대답 여하에 따라 팽락 대협의 목숨이 걸려 있다면 여러분들은 어떤 선택을 하겠소? 아 물론 우리와 싸운다는 선택지는 없소. 하지만 굳이 그러겠다면 그러기 시작한 순간…… 개봉은 역병으로 뒤덮일 거요. 이미 그러기 위해 왔으니까."

악운은 살짝 눈을 치켜뜨며 무당 제자들 틈바구니를 응시했다.

"……요즘 무당파 제자들은 데리고 다니는 졸개들 중에 혈교의 무사들도 있나 보군."

장취봉은 아무 대답도 하지 않았다.

'어린놈이 대충문과 혈교 지부를 무너트릴 만큼 영악하다더니. 과연 여간내기가 아니로구나.'

단숨에 무당 제자들 사이에 혈교의 졸개가 있다는 것을 눈치채는 건 쉽지 않은 일이다.

그럼에도 악운은 화경의 경지라는 소문대로 혈교의 무사들이 갈무리한 기운을 단숨에 눈치챈 것이다.

"제법이로군."

모용훈이 얼굴을 일그러트렸다.

"장 선배, 이게 뭐 하는 짓이오! 다른 이들의 눈이 두렵지도 않소? 혈교의 무사까지 대동하다니, 미치기라도 한 것이오?"

장취봉이 담담히 웃었다.

"소리 높여 봐야 소용없소. 이미 대부분의 손님들은 나가고 없으니."

그 말대로 이미 그들이 앉아 있는 자리 주변의 손님들은 쫓기듯 빠져나가고 있었다.

남궁진이 피식 웃었다.

"작정하고 오셨군그래."

"남궁 소가주는 아주 오랜만에 보는군. 다른 가문의 자제들과 어울리는 모습이 꽤나 신선해 보이는구려. 심사의 변화라도 있었소?"

장취봉은 남궁진과 구면인 듯 말했다.

"남이사."

"까칠하게 굴어도 우위에 있는 건 우리요."

의기양양한 장취봉의 모습에 제갈지평이 물었다.

"무당파가 이러는 이유를 말씀해 주시겠습니까?"

"과연 제갈세가의 현자들답구려. 이런 상황에서도 차분하게 맥락을 짚어 질문하다니."

남궁진이 낮게 으르렁댔다.

"대답이나 빨리 하지."

하나 장취봉은 남궁진의 눈빛은 아랑곳하지 않고 여유 있게 말을 이었다.

"모든 이유는 산동악가 때문이오. 애초에 본 파는 이럴 필요도, 이럴 생각도 없었으니까."

자연히 모두의 시선이 악운에게로 향했다.

모두를 대변하듯 모용훈이 의아한 눈으로 물었다.

"악 소협, 이게 대체 무슨 말이오?"

"최근에 금정회란 집단이 혈교와 결탁했다는 소문을 들으셨을 겁니다. 사천당가가 이들의 주축이란 이야기가 돌았지요. 애석하게도 그건 사실입니다. 무당, 아미, 점창, 공동, 당가가 주축이 된 집단이지요."

남궁진이 뒤따라 악운의 말을 덧붙였다.

"현재 낙양에 당도한 산동악가의 선발대는 금정회와 관련된 수많은 증좌들을 운송했고, 머지않아 회합에서 그 증좌들을 전부 공개할 예정이었소."

모두의 눈동자가 세차게 흔들렸다.

깊이 관련된 이들을 제외하면, 아직 누구도 몰랐던 이야기였던 것이다.

남궁진이 소왕검을 고쳐 쥐며 계속 말했다.

"명분을 반박할 수 없으면 명분을 가진 자를 무너트리기 마련이지. 하나 유구한 세월 동안 구파일방의 한자리를 차지해 온 자들이 고작 보이는 모습이 겸허한 인정이 아닌 협잡이라니……."

장취봉이 낮게 웃음을 흘렸다.

"우습군. 평화의 단꿈을 누리고자 칼에 피를 묻혀 온 건 너희 남궁세가도 마찬가지이지 않나?"

"우린 너희와 다르다. 인정하고 받아들였으며, 더 나은 미래를 위해 맹의 재건을 돕기로 했다. 적어도 혈교와 결탁하여 놈들이 가진 잔재들을 부와 권력에 쓰지는 않았다!"

"우습구나. 혈교와 더러운 거래를 해 가며 너희들 권위의 울타리 역할을 한 건 금정회이자 대(大)무당파였다! 한데 이제와 우리를 하찮은 쓰레기로 취급해?"

남궁진이 혀를 찼다.

"무량수불을 읊어 댔지만, 너희들은 애초에 그럴 자격도 없었던 거군."

"그래, 계속 으스대 보거라. 그래 봤자 칼자루는 우리가 쥐었다. 그러니 네놈들의 그 잘난 협의와 정의가 어디까지 지켜질 수 있는지 시험해 보마. 자, 그러니 다시 묻겠다. 순순히 따를 것이냐?"

아무도 쉽게 나서지 못하던 찰나.

홀로 자리에 앉아 있던 악운이 서슴없이 일어나서 다가갔다.

눈치 빠른 제갈지평이 서둘러 소리쳤다.

"악 소협! 이리 쉽게 굴복해선 안 되오! 저들은 분명 우리의 신병을 확보하여 더 큰 협잡을 벌일 것이오!"

제갈민이 동조하고 나섰다.

"오라버니 말씀이 맞아요. 이대로 순순히 끌려가는 건 다른 선배님과 가문의 어른들께 있어 이들을 상대하는 데 더 큰 불리함으로 작용할 거예요."

하나 남궁진은 등을 보인 채 돌아서지도 않는 악운을 보며 굳은 표정을 지었다.

악운을 오래 보지는 않았지만 악운은 늘 깊은 생각을 곧장 행동으로 옮기는 무사였다.

이번에도 다르지 않을 게 뻔했다.

"설득해 봐야 소용없소. 이미 마음을 굳힌 것 같으니까."

남궁진의 말을 이해 못하는 모용혜미가 눈을 동그랗게 떴다.

"네? 그게 무슨 말씀이세요?"

"재고가 없는 친구요, 악운 소가주는."

장취봉이 조용히 악운을 응시했다.

"눈을 보아하니 남궁 소가주 말이 맞군그래."

악운이 무표정한 눈을 치켜 뜨며 대답했다.

"죄 없는 도시, 아군, 그 둘을 살리는 게 네놈들 천 명 만 명을 죽이는 것보다 가치 있는 일이야."

"설령 네놈의 가문과 맹이 사라지더라도 말이냐?"

악운의 의미심장한 미소를 머금었다.

"글쎄…… 그럴까?"

"오만한 눈이군. 좋아, 그 눈이 언제까지 가나 보자. 어차 피 네놈들의 목숨 줄을 우리가 쥐고 있는 이상 결말은 정해 져 있다."

모용훈이 이를 갈며 소리쳤다.

"대체 무슨 짓을 하려는 것이오?"

장취봉은 탁자에 올렸던 송문고검을 허리깨로 거둬들이며 대답했다.

"너희들의 목숨을 빌미로 개봉에 주둔하고 있는 각 가문의 수장들에게 제안할 것이다. 조만간 개봉에 도착할 마차들을 인계받으라고. 모두가 한 배를 타게 되는 셈이지. 그러니 얌 전히 따라 나서라."

제갈민이 코웃음 치며 말했다.

"개방의 눈이 당신들의 간계를 금세 눈치챌 텐데?"

장취봉의 입가에 득의한 미소가 스쳐 지나갔다.

"오래된 친구는 너희들에게만 있는 것이 아니지. 우리가 무엇 하러 개봉에서 모든 대계를 시작했겠느냐."

제갈지평이 허탈한 웃음을 흘렸다.

"개봉 분타주가 한패로 돌아섰군."

사면초가였다.

개방의 개봉 분타.

분타주인 황구는 앉아 있는 이의 눈치를 살폈다.

마흔에 이른 나이로 소방주들 중 후개에 가장 가깝던 존재.

소의군개(燒義君丐) 홍정태가 그를 따르는 칠결의 장로 두 명과 함께 온 것이다.

"단도직입적으로 말하지. 이번 기회로 개봉 분타주라는 직함 대신 칠결 장로 자리에 오를 것이오. 일이 잘 끝난다면 말이오."

황구는 말 없이 마른침을 삼켰다.

꿀꺽-!

평생 가늘고 길게 살아온 삶이다.

권력은 멀리하고 하는 일에 집중했건만……. 개방은 이제 선택을 할 수밖에 없는 상황이 됐다.

"하오나 이미 방주께서는 건 분타주를 방주로……."

개방팔황이라 불리는 여덟 명의 장로들 중 한 명인 나 장로가 살의를 번뜩였다.

"무엄하군."

"소…… 송구합니다."

홍정태가 손사래를 쳤다.

"그만하면 됐소."

이어서 나 장로가 살의를 거두자 홍정태가 말을 이었다.

"황 분타주가 할 일은 그리 많지 않소. 개봉에서 낙양으로 향하는 모든 전서구를 차단하고, 휘하에 있는 모든 개방도들이 입수하는 정보를 모두 내게 전달하시오."

"……."

"그리고 낙양에 있을 건 분타주에게는 개봉에 주둔하고 있는 여러 가문의 가주들이 재건을 기념하여 맹을 위한 선물을 마차에 실고 향할 것이라고도 전하시오. 크게 경계할 건 없었다고."

"소림의 개입을 경계하시는 것인지요."

"영리하구려. 맞소. 숭산에 주둔하고 있는 소림의 승려들은 가장 가까이 있는 칼날이오. 하지만 그중 가장 으뜸인 칼날이 부서지고 나면 그들도 혼란을 겪기 시작하겠지……."

그 순간 황구는 감히 입에 담기도 힘든 이름을 떠올렸다.

"안 됩니다, 소방주! 그분은 강호의 신성(神聖)이자, 정파를 지탱하는 기둥이십니다. 그분이 돌아가시면 혈교만 좋아할 일입니다! 더구나 본 방의 권력을 쥐는 일과 소림이 무슨 관계가……!"

"다 옛말이오. 전대 교주는 천휘성에게 죽었고, 혈교는 옛날 강력하던 세력을 수많은 선배들에게 도륙당했소. 그들의 위협 따위 겁먹을 거 없소. 오히려 잘 사용하면 좋은 칼이 될 뿐이지."

"조…… 좋은 칼요?"

"그렇소. 방금 내게 개방의 권력을 쥐는 데 이 일이 어째서 필요한지 물었었지."

"예."

"필요하오. 무당, 아미, 공동, 점창이 내가 개방의 방주로 올라서는 것을 돕기로 했다오. 혈교의 졸개들을 저기 낙양에 풀어놓는 것을 대가로 말이오. 하지만 소림은 아니오. 소림은 남궁세가 그리고 건 분타주와 손을 잡았지."

"그럼, 설마……."

"맞소. 오늘 무림맹 재건은 새로운 전환점을 맞이할 것이오. 우리를 방해하는 모든 요소가 제거될 테니."

황구는 몸을 잘게 떨었다.

이건 그가 발설해서도, 애초에 들어서도 안 되는 정신 나간 일이었다.

'방장 스님을 죽이고, 낙양에 모인 수많은 주요 가문과 문파의 수장들을 제거하겠다는 것이 아닌가. 그리고 이를 위해 필요한 것이 마차일 거야.'

악귀의
오신

마차의 활용도야 뻔했다.

여러 선물이 담긴 마차로 위장한 행렬에 낙양을 불태울 혈교의 무사들을 숨기겠다는 것이다.

하지만 의아한 것이 있었다.

현재 개봉에 주둔해 있는 가문은 팽가, 악가, 제갈세가, 모용세가 정도뿐이었다.

결코 홍정태와 함께 뜻을 같이하여 움직일 만한 인사들이 아니었다.

"한데 그 마차를 개봉에 주둔하고 있는 여러 문파와 가문의 수장 들이 순순히 운송해 주겠습니까?"

"그건 걱정 마시오."

홍정태가 자리에서 일어나며 덧붙였다.

"이미 시작됐으니."

그 순간 황구는 이 모든 일들이 거대한 거미줄처럼 서로 엮여 수레바퀴처럼 돌아가기 시작했음을 직감했다.

천휘성 사후.

억지로 끼워 맞춰 놓았던 평화가 다시 부서지고 있는 것이다.

꽝!

주먹을 내리친 탁자가 반으로 쪼개져 바닥을 나뒹굴었다.

"감히……!"

팔우(八宇)의 일인이자 하북신도(河北神刀)라 불리는 팽휘종은 눈앞에 서 있는 아미의 비구니들을 향해 분노 섞인 눈빛을 보이고 있었다.

"내가 당장 그대들의 목을 치지 않을 이유를 하나라도 납득시켜 보라."

자명신니(紫明新尼), 육미린이 눈동자에 이채를 흘렸다.

그녀는 아미파를 이끄는 효명사태의 후계자였다.

"가주께서는 자제분을 아끼신다고 들었어요. 특히 둘째 아드님을요."

"내게 아들은 팽락 그 아이만 있는 것이 아니다."

"글쎄요. 팽가의 다음을 이끌어 갈 후계자로는 둘째 아드님이 제일 낫겠지요."

"요사스러운 혀를 당장 뽑아 주고 싶구나. 언제부터 아미가 이토록 경박스럽고 천해졌는가."

"아들을 지키기 위해 아끼는 마음을 내색하지 않으려는 마음은 이해하나, 본 파는 이미 이 일에 명운을 걸었답니다. 팽가뿐이 아니에요. 악가부터 모용세가까지 모두 이 일에 가담하게 될 거예요."

팽휘종은 곁에서 칼을 뽑은 팽가의 가솔들을 응시했다.

가솔들의 표정은 어두웠다.

팽락이란 이름이 가진 무게 때문이었다.

'이미 모든 것을 파악하고 접근한 것이로구나.'

팽락은 조용히 눈을 감았다.

"개봉 민초들의 안위에 후계자들의 신병까지 협박 빌미로 내밀면서 네놈들이 지켜야 하는 것이 대체 무엇이더냐."

"가주님과 같습니다."

"뭐라?"

육미린은 무시무시한 기세를 흘리는 팽휘종에 지지 않고 마주 노려봤다.

"평화를 주무르며 달콤한 권위를 누려 온 건, 모두 전쟁에서 얻은 대가라고 생각해 오셨겠지요. 저희도 마찬가지입니다. 본 파는…… 아니, 금정회는 오랜 세월 더러운 혈교와 손을 맞잡으며 이 평화를 유지하는 데에 힘을 써 왔습니다. 그에 맞는 보상을 받겠다는 것뿐이에요. 잘못됐나요?"

육미린의 눈빛에는 일말의 죄책감도 없었다.

낙양으로

"들어가라."

무당 제자들이 악운 일행을 커다란 마차 안으로 몰아넣었다.

쿵.

문이 닫히자 햇볕 한 점 들지 않는 폐쇄된 마차 안에 정적이 내려앉았다.

침묵을 깬 건 모용훈의 한숨 소리였다.

"하아…… 큰일이로군."

"……어떡해요, 오라버니."

모용혜미의 음성에는 울먹임이 가득했다.

"걱정 말거라. 네 안위는 오라비가 지키마. 다만 숙부가 걱정이구나."

모용세가는 오대 세가에 속해 있지 않기에 맹의 회합에 정식으로 초청받지는 못했지만, 별개로 돈독한 관계를 쌓아 온 남궁가와의 개인적인 회합이 잡혀 있었다.

그래서 모용훈의 숙부인 모용상이 가주의 명을 받아 개봉에 당도해 있었던 것이다.

"난감하구나. 숙부라면 우리를 위해 기꺼이 그들의 제안을 받아들일 테고, 그리되어 일이 잘못되면 우린 가문은 소림의 적이 되어 버릴 것이야."

원하지 않아도 혈교와 결탁한 금정회와 한편으로 묶이게 되는 것이다.

최악의 전개였다.

하나 제갈민이 고개를 저었다.

"아직 마냥 포기할 일만은 아니에요. 우리가 붙잡혀 있는 팽 소가주를 찾기만 하면……."

그녀의 시선이 자연히 팔짱을 끼고 있는 악운에게로 향했다.

'저들 손아귀에 잡혀 있는 이상, 우리는 저들의 꼭두각시 노릇을 해야만 해. 괜히 팽락 소가주와 도심을 볼모로 삼아 악 소협의 발목을 붙든 게 아닐 테지. 그들도 최대의 위협으로 느끼고 있는 거야.'

모용훈이 눈살을 찌푸렸다.

"대체 사라진 팽 대협을 어디서 찾는단 말이오? 우린 이 마차에 갇혔고, 스스로 나갈 수도 없는 처지인데……."

"남궁 소가주는 어찌 생각하십니까."

제갈지평이 남궁진에게 물었다.

"고민 중이오. 하지만 모두의 말대로 뾰족한 수가 없는 건 마찬가지지."

모용혜미가 묘한 기대감을 품고 악운에게 물었다.

"악운 소협은요?"

"저들이 당장 제일 원하는 게 무엇일지 생각 중입니다."

제갈지평이 눈에 이채를 흘렸다.

"원하는 것이라……."

"원하는 것을 알면 저들의 목적을 이해하게 되고, 목적을 이해하면 약점이 보입니다."

제갈지평이 순간 소름이 돋았다.

과거 그의 부친이 했던 이야기가 생각난 것이다.

　―통찰력은 타고나는 것이 아니다. 마주한 상황들이 경험이 되고, 그 경험이 밑천이 되어 사람이든, 사물이든, 상황이든 고요하게 들여다보게 되는 것이니라.

현평검군(玄平劍君) 제갈위.

팔우(八宇)의 일인이자 그가 존경해 왔던 부친은 늘 날카롭고 냉정했다.

그런데 지금 마주한 악운의 모습에서는 부친의 그림자가 투영되어 보였다.

악운의 눈빛은 그 어떤 감정의 동요도 개입도 없이 아주 차분하고 고요했다.

"해서…… 생각은 충분히 정리됐소?"

"어느 정도는요. 우선 금정회는 개봉에 머물고 있는 세가들을 이용해 낙양으로 혈교 무사들을 수송시키려 하고 있지요. 소림사의 개입과 주변에 포진된 개방도들의 시선을 조용히 통과하기 위함으로 보입니다."

"그 후엔?"

"마차가 도착하자마 진격을 시작할 겁니다. 그 후에 우리를 볼모로 삼아 본 가를 비롯해 남궁세가, 모용세가, 제갈세가, 하북팽가의 개입을 주저하게 만들겠지요. 그럼 맹에 당도해 있는 나머지 세력들이 그들의 적이 될 겁니다."

남궁진이 나직이 중얼거렸다.

"그럼 남은 세력은 소림, 화산, 종남, 곤륜, 청성, 개방……. 이 정도로군."

"종남파와 청성파는 이익이 되는 쪽으로 편을 택할 것이니 언제든 돌아설 테고, 개방은 개봉 분타주의 침묵으로 보아 내분이 인 것으로 보입니다."

이어서 제갈민이 말했다.

"화산과 곤륜은 일대제자의 숫자가 많지 않기에 장문인과 소수 정예만 도착해 있을 거예요. 판세를 뒤집을 만한 전력은 아니죠."

악운이 고개를 끄덕이며 말했다.

"그럼 믿을 곳은 소림밖에 없습니다. 엄밀히 말하면 소림을 이끄는 방장 스님이겠지요. 금정회에 속한 문파는 혈교의 잔당과 함께 소림을 칠겁니다. 소림이 무너지고 나면 그들에 대한 공포가 만연해지겠지요."

모용훈이 재빨리 외쳤다.

"남은 이들이 다시 힘을 합하면 되잖소!"

제갈지평이 모용훈의 말에 회의적인 태도를 보였다.

"무림맹 재건을 위해 모인 이들의 의기(義氣)가 크게 꺾이고, 소림이란 중추가 무너지면 과연 야망으로 결탁한 금정회를 상대하기 위해 쉽게 뭉치려 들까요?"

"그건……."

머뭇거리는 모용훈에게 악운이 말을 이었다.

"제갈 대협의 말이 맞습니다. 더구나 이들이 이번 기회에 제거하려는 건 단순히 소림만이 아닙니다. 지금 낙양에 방장 스님만 있는 건 아니지요."

남궁진이 날카롭게 눈을 빛냈다.

"새로 개방 방주로 추대된 건 방주께서 계시지. 설마 개봉 분타주의 배후에 개방의 다른 이가……?"

"예. 적어도 개봉 분타주 혼자 움직이고 있진 않으리라 생각합니다. 머리를 맞댄 개방의 주요 인사가 있겠지요. 그럼 금정회는 두 가지를 얻습니다. 공포 그리고 정보."

"최악이로군."

남궁진이 소왕검을 콱 소리 나게 움켜쥐었다.

동시에 제갈지평이 말했다.

"이제 목적은 충분히 이해한 것 같으니 약점을 얘기해 봅시다."

악운이 반문했다.

"따로 생각하신 게 있습니까?"

"저들은 우리의 협의를 약점으로 쥐고 있고, 우리의 약점이 사라진다는 건 저들에게 변수이자 약점이 되오. 그래서 나는……."

악운이 직설적으로 말했다.

"개봉과 팽락 대협을 버리자는 것이로군요."

"맞소. 대의를 봐야 하오. 이곳부터 박차고 나가서 저들의 목적부터 분쇄하는 것이지."

남궁진이 와락 인상을 구겼다.

"과거의 선배 혹은 어른들과 똑같은 전철을 밟으려 하지 마시오. 태양무신의 유산을 독점하여 천하의 안정을 꾀하겠다고 했던 어른들의 말도 안 되는 욕심과 다를 바가 없소. 그때도 최소한의 희생으로 대의를 지키자고 했지."

그러자 제갈민이 남궁진의 발언을 반박했다.

"그럼 다른 방법이 있나요? 솔직히 멍청하게 지켜보기만 하는 것보다는 나아 보여요."

"정신 나갔군. 위험한 발상이야. 천하의 평안을 위해 도시 하나를 박살 내는 걸 지켜보겠다고?"

제갈지평이 다시 입을 열었다.

"그럼 다른 수가 있습니까? 묘책이 있다면 말씀해 보시지요. 금정회와 혈교가 다시 권력을 쥐고 천하를 뒤흔들면 개봉의 피해보다 더 큰 피해가 중원에 번질 건 자명할 텐데요? 그저…… 죄책감이 두려워서 도망치는 거잖습니까."

"합리적인 척, 고상한 척하는 걸 보니, 앞으로도 위선자 소리 들으며 세가의 안위만 지키려 애쓰겠군. 묘책이 없으면 그따위 생각이 온당하다 여기는 건 어디서 나오는 합리화지? 더 선을 넘는 소리를 한다면……."

남궁진의 눈빛에 살의가 감돌자, 제갈지평은 기죽지 않고 코웃음을 쳤다.

"왜, 절 베기라도 하시겠습니까? 천하의 정기를 지킨다는 남궁세가의 검이 고작 파락호의 검과 다를 바가 없었나 봅니다."

모용훈이 두 사람 사이를 가로막았다.

"다들 왜 이러시오? 상황이 급박한데 우리끼리 분열을 해서야 아무것도 해결되는 게 없잖소. 남궁 형님, 아닙니까?"

그의 제지에도 불구하고 마차 내의 분위기는 어느 때보다 차갑게 가라앉았다.

모용혜미가 모용훈을 따라 나섰다.

"오라버니 말씀이 맞아요. 의견을 모아야 할 때가 아닐까요?"

그 순간, 지켜보던 악운이 입을 열었다.

"모용 소저의 말씀이 맞습니다. 적이 명확해진 지금, 우리끼리 갈등을 빚는 건 최악의 선택입니다."

제갈지평이 단호히 말했다.

"모르고 얘기한 것이 아니오."

"압니다. 최선의 선택이라 생각하셨겠지요."

악운은 제갈지평을 보며 사천당가의 행적이 스쳐 지나갔다.

그들은 최선의 선택이라고 여기며 오랜 시간 과거의 잘못을 외면했다.

잘못을 합리화하는 건 최선의 선택이 될 수 없다.

"하나 진짜 최선은 희생할 각오가 수반되어야 하는 겁니다. 여러분은 개봉의 죄 없는 민초를 위해 죽음을 각오하실 수 있습니까?"

"그건……."

반박하려던 제갈지평은 이내 입을 떼지 못하고 입을 앙다물었다.

주저함을 보인 것은 이미 대답한 것이나 다름없었다.

침묵 속에 악운의 목소리가 다시 이어졌다.

"각오하지 못한다면 죄책감의 무게는 견뎌 내지 못합니다. 그저 외면할 뿐이겠지요. 오랜 시간 많은 선배들이 그랬듯이……."

제갈민이 깊은 한숨을 쉬었다.

"결국 다시 제자리군요."

"아뇨, 제자리는 아닙니다. 대화 중에 답이 나왔습니다."

눈을 번쩍 뜬 제갈지평이 물었다.

"그게 무엇이오?"

"약점을 강점으로 바꿔야 한다는 건 저 역시 동의합니다. 우리란 약점이 저들의 변수가 되는 거지요. 단 그러기 위해서는 당분간은 저들의 뜻대로 움직여야 합니다. 순순히 저들이 개봉을 떠나 낙양으로 움직이도록 하는 거죠."

모용훈이 흥미로운 눈빛으로 끼어들었다.

"그다음에는?"

"그들이 제 뜻대로 낙양에 활개 치도록 둘 겁니다."

"미쳤소?"

"아뇨. 멀쩡합니다. 개봉은 높은 인구 밀도와 최고의 상권을 지닌 도시 중 하나입니다. 소림을 꺾으면 금정회는 이곳의 이권에도 눈독을 들이겠지요. 그러자면 웬만해서는 도시에 직접적인 피해를 끼치는 일은 피할 겁니다."

남궁진이 일리가 있다는 듯 고개를 끄덕였다.

"우리가 순순히 의도대로 움직여 준다면 말이지."

"예. 즉, 낙양으로 이동한 후에는 개봉이라는 볼모가 사라집니다. 우리의 운신이 자유로워질 거라 얘기죠."

제갈민이 팔짱을 낀 채 물었다.

"그럼 팽락 소가주는요?"

악운이 짙은 미소를 머금은 찰나.

덜컹-!

마차가 움직이기 시작했다.

백훈은 골목 기둥 뒤에서 어두워지는 사위를 둘러보며 눈을 빛냈다.

객잔에서 악운이 하명한 일을 수행하기 위해서였다.

　-언제까지 부모처럼 지켜볼 거야?

　-그냥 밥 먹으러 온 거야.

　-부각주랑 즐겁게 웃던데, 뭘. 그보다 백 형, 팽락을 쫓아.

　-좋은 구경하고 있었는데…… 갑자기?

　-그냥 밥 먹으러 왔다며?

-하하…….

-내가 후기지수들하고 옥신각신하는 게 보기 좋았겠지만, 재미는 끝났어.

-거참 아쉽군. 그나저나 모용가의 여식이 소가주가 마음에 드는 모양이야?

-쓸데없는 소리 말고, 팽락의 위치나 잘 파악해 둬. 실력 좋은 고수들이 접근할 수도 있으니까 경계 잘하고.

-알았어. 위치를 파악한 후엔?

-한 시진 정도 지켜보다가 별일이 없으면 물러나고. 만약 예측 못 한 일이 벌어졌을 경우에는 날이 어두워진 후에 임의대로 움직여. 백 형의 선택에 맡길게.

-뭔가…… 구린 게 있구나?

-여러 변수들을 고려했을 뿐이야. 무리에서 떨어져 나간 후계자는 적들의 먹잇감이 되기 십상이지. 안 그래?

'그러네.'

백훈은 피식 웃으며 또 한 번 악운에게 감탄했다.

겉으로 보이는 평화로운 순간에도 악운은 또 한 번의 전쟁을 준비하고 있었던 모양이다.

악운의 말대로 팽락은 납치됐다.

과정은 기습적인 중독(中毒).

함께 있던 일행은 그 자리에서 즉사했고, 팽락은 중독된

상태로 폐가로 끌려갔다.

'삼엄하네.'

백훈은 빈촌 외곽에 자리 잡은 한 폐가를 응시했다.

'숫자는 스물셋 정도.'

폐가 주변에는 공동파 무복을 입은 무사들이 검을 쥔 채 주변을 경계하고 있었다.

하지만 놈들의 눈빛에서는 미묘한 메스꺼움이 느껴졌다.

마기(魔氣)가 틀림없었다.

"혈교라 이거지? 재미있게 돌아가네."

백훈이 씩 웃으며 골목에서 다시 모습을 감추려던 그때.

목덜미로 서늘한 예기가 느껴졌다.

"……지근거리에 와서야 기척을 느낄 정도면 쉬운 상대는 아닌가 본데."

나직이 중얼거린 백훈은 서늘해진 목덜미를 매만지며 돌아섰다.

사삭-!

검은 인영이 그늘진 곳으로 뛰어든 후 어둠 속에서 차츰 모습을 드러냈다.

"오랜만이구려, 쿨럭."

하나 모습을 드러낸 건 적이 아니었다.

백훈의 눈이 슬며시 커졌다.

"진인께서 이곳에는 어찌……?"

놀랍게도 그곳에는 백훈과 낯이 익은 진풍도장이 두건을 벗으며 얼굴을 드러내고 있었다.

하지만 그간의 고초를 증명하듯 견폐 안에 보이는 붕대와 피 묻은 수염은 황급히 백훈을 다가서게 했다.

"고초를 겪으신 것입니까?"

"아직…… 소식이 닿지 못한 것이구려. 혈교의 교주가…… 깨어났소."

"곤륜은요? 곤륜은 어찌 됐습니까?"

두 사람은 적들의 경계를 살피며 대화를 이어 나갔다.

"곤륜은 전소됐소. 놈들이 살아 있는 제자들은 모두 죽이거나 노예로 데려갔고, 곤륜의 유산은 모조리 불태웠소. 나와 일부 제자들은 약강을 중심으로 나포박호 인근과 고이특에서 정보를 수집하고 있었소. 혈교의 조짐을 살피기 위해서였지……."

"놈들이 눈치챘군요."

"그렇소. 기습은 재빨랐고, 추격은 매서웠소. 대부분의 제자가 죽었고 나 역시 깊은 내상을 입은 채 호수가 보이는 절벽에서 떨어져야만 했지. 내가 산 것은 원시천존께서 보우하신 덕분이오."

"그럼 곤륜은……."

"그 후에 놈들이 내가 없는 동안 곤륜을 습격했소. 잠깐 목숨을 연명했던 제자의 유언을 통해 놈들이 곤륜의 제자인 척 탈을 쓰고 곤륜 안으로 들어섰다더군. 마치 유희처럼 말이야. 그러면서 나를 죽였다며 사기를 떨어트렸다고 하오. 하지만 난 이렇게 살아 있고…….”

진풍도장이 주먹을 움켜쥐었다.

“다시 혈교와 싸울 것이오.”

백훈은 잠시 입을 다물었다.

‘곤륜이 무너졌다니…….’

믿기 힘든 현실이었지만 백훈은 자신의 충격보다 이런 상황에서 꼿꼿이 서 있는 진풍도장이 더욱 대단해 보였다.

‘가족을 잃은 것과 다름없어. 무슨 말을 해야 할지…….’

곤륜의 고고한 기상과 자부심마저 짓밟힌 상황 속에서 진풍도장의 마음은 쉬이 가늠조차 되지 않았다.

진풍도장이 백훈의 마음을 헤아리며 먼저 말했다.

“위로는 괜찮다오. 곤륜은 단 한 사람이라도 남아 있다면 재건할 수 있소. 이 혈난이 모두 종식되면…… 빈도는 다시 옥산으로 돌아갈 것이오.”

“아무 도움이 되어 드리지 못하여 송구합니다.”

“아니오. 그보다…… 악가에는 별일이 없었소? 현 시점에서 혈교에 가장 눈엣가시였을 터인데…….”

“사실 있었습니다.”

백훈은 악운이 겪었던 상황을 전달했고 진풍도장은 눈을 부릅뜰 만큼 경악했다.

"교주가…… 정말 물러났단 말이오?"

"예. 소가주는 살아남았습니다. 그리고 확신하고 있습니다."

"태양무신조차 넘어서지 못한 그자를 넘어설 수 있다고?"

"예."

"직접 듣고도 믿기 힘들구려……."

"언젠가 자연히 확인할 수밖에 없게 되겠지요."

"그런가? 때가 온다면 그럴 수도."

"그나저나…… 어떻게 이곳까지 당도하신 것인지요."

"처음에는 가주를 뵙고자 도시를 은밀히 이동하고 있었소. 그런데 도시 곳곳에서 불길하고, 음습한 놈들의 기운이 곳곳에서 느껴지기 시작하더군."

산의 고고하고 맑은 정기를 통해 수련해 온 곤륜은 오랜 세월 혈교와 싸운 도사들이기도 해서 그 어떤 무인들보다 마기에 민감한 사람들이었다.

"해서 놈들을 쫓았고 여러 상황을 살핀 후에 이곳까지 흘러들어 왔소."

"여러 상황이라면 현재 도심 내에 다른 상황이 펼쳐졌습니까?"

"몰랐소?"

"예."

"현재 후기지수들은 무당파에 의해 신병이 사로잡혔고 개봉에 주둔한 산동악가와 모용세가 그리고 하북팽가 역시도 그로 인해 그들에게 협조하고 있는 듯 보이오."

백훈은 그 얘기를 듣자마자 전율이 일었다.

'혈교와 공동파만 움직인 게 아니라 나머지 놈들도 다 같이 움직였다고?'

계속 팽락의 행적만 쫓고 있던 백훈은 현재 도심 내의 상황들이 어찌 돌아가는지 전혀 알지 못했으나 이제야 악운이 어떤 상황까지 내다봤는지 확실히 깨닫게 된 것이다.

'괜히 호사량을 가주님께 보낸 것이 아니야. 동시에 호사량에게는 나와는 다른 이야기를 건넸겠지. 역시…….'

진풍도장이 잠시 말이 없는 백훈의 눈치를 살폈다.

"놀랐나 보구려."

"아, 아닙니다. 진인께 드릴 말씀이 생각나서 그랬습니다."

"무엇이오?"

"아무래도 말이 길어질 듯하니 우선은 이 상황부터 타개하고 말씀을 나누시지요. 그 전에…….."

백훈은 방금 전 내상을 입은 듯한 진풍 도장의 각혈을 떠올리고는 말했다.

"우선 저곳은 저 혼자 들어가 보겠습니다. 몸을 아끼시지요."

"아니오. 걱정은 고맙소만 가벼운 내상일 뿐, 싸우는 데에는 크게 문제없을 것이오."

"하오나……."

"백 대주, 빈도는 정말 괜찮소."

진풍도장은 백훈의 어깨를 두들긴 후에 본격적으로 살의를 드러냈다.

"혈교와 맞닿은 자들이오. 내 모든 것을 걸고 뼈 한 점 남기지 않을 것이외다."

"정 그러시다면……."

백훈이 진풍도장의 곁에서 나란히 걸어가며 덧붙였다.

"사력을 다해 돕겠습니다."

"고맙소."

두 사람의 그림자가 폐가 안으로 은밀하게 이동했다.

공동파 제자 두 명이 멀찍이 서 있는 혈교 무사를 힐끗 쳐다본 후 순찰을 위해 스쳐 지나갔다.

"혈교 놈들과 함께 싸워야 한다니, 곤욕이로군. 수치스러워."

곁에 있던 다른 제자가 말했다.

"천 사형, 어차피 수많은 희생을 바쳐도 알아주지 않는 세상입니다. 차라리 혈교 놈들을 이용하는 편이 낫지요. 전후에 도경에 얽매이지 않고 힘을 키우자는 우리 광성계(廣成係) 제자들이 주축이 된 것도 다 그런 이유잖습니까?"

"크흠, 사제 말이 맞긴 하지."

"무엇보다 소림의 땡중들이 그동안 얼마나 오만하게 천하를 오시했습니까? 강호의 북존이 바뀔 때도 됐지요. 그리고 그 북존이 우리 문파가 되지 않으리란 법이 어디 있습니까? 그리 되면 사형께서는……."

"어허, 동 사제도 참! 벌써부터 그리 헛물을 켜면 되나. 아직 사부님께서 건재하시거늘."

"아이고, 송구합니다."

"됐네."

겉으로는 꾸짖는 듯 보였지만, 공동파의 대제자이자 다음 대 장문인으로 지정되어 있는 천두는 새어 나오는 미소를 감추지 못했다.

"아마 그때쯤 되면 온갖 명문가의 여식들도 제자로 들어오겠다고 성화이지 않겠습니까? 그중에 반반한 것들을 첩처럼 쓰시지요. 하하!"

둘은 걸음을 옮기며 점점 더 폐가 바깥쪽으로 이동했다.

다 부서져 가는 집들 사이로 경사길이 나왔다.

"허어, 도인이 그래서야 쓰나. 계율을 무시하는 처사일세."

"아직도 계율과 도경 따위에 연연해하는 공동의 제자가 있답니까? 흐흐……."

"사제는 아마 말로 화를 입을 걸세."

"사형께서 지켜 주시면 되지요, 하하! 듣자 하니 황보세가의 여식도 끝내주게 미인이라는 얘기가……."

말을 잇던 동 사제가 잠시 침묵했다.

"왜 말을 하다 마는 게야."

앞을 보고 걷던 천두가 의아해하며 고개를 돌린 그때.

"허업……."

그의 눈에 목이 떨어진 채 쓰러지는 동 사제의 모습이 들어왔다.

"말로 화를 입었으니까."

괴인의 차가운 눈빛은 천두의 피까지 얼어붙게 했다.

당혹스러운 상황에 천두는 말도 새어 나오지 않았다.

'대체, 누가!'

공동파 대제자에 오르며 공동 내부의 제자들과 암투 아닌 암투를 벌였다.

일부러 경쟁하는 제자의 다리를 대련 중에 망가트리기도 했고, 거슬리는 제자는 자결하게끔 몰아넣기도 했다.

도경?

그런 건 대제자가 되는 데 하나도 도움이 되지 않았다.

가끔 들여다보며 외워 놓으면 적당한 명분이 되기 좋을 뿐이었다.

그렇게 더러운 꼴을 봐 가며 올라온 대제자였다.

'이대로 죽으라고? 그렇게는 안 돼!'

천두는 황급히 검을 잡기 위해 손을 뻗었다.

하지만 어디선가 날아온 검날이 순식간에 천두의 팔목을 통째로 날려 버렸다.

'두……명?'

서걱!

아찔한 통증이 천두의 머릿속은 헤집자마자, 천두에게 다가선 그림자 하나가 빠른 속도로 아혈을 짚었다.

타닥!

기습적인 점혈로 인해 비명조차 지르지 못한 천두는 피가 쏟아져 나오는 팔도 잊고 도망치기 위해 돌아섰다.

'도, 도망쳐야 돼! 도망……!'

그림자들은 돌아서려는 그의 모든 퇴로를 막아서고는 동시에 가로지르듯 등과 가슴을 베어 갔다.

서걱!

진풍도장이 마지막으로 그의 심장을 꿰뚫으며 말했다.

"무량한 도의 품에서 극락왕생할 순 없을 것이야. 기대도 하지 말거라."

파악!

곧이어 진풍도장의 검이 뽑혀 나오자 천두는 천천히 의식을 잃어 갔다.

쿵─!

백훈은 시선을 돌려 진풍도장과 눈빛을 교환했다.

"이것이…… 곤륜이 지켜 온 강호의 도의였나 싶을 만큼 허탈하구려."

"저 또한 염세적이었으나 소가주를 보고 깨달았습니다. 천하에는 그렇지 않은 사람들이 훨씬 많습니다. 천하의 정기가 꺾였다고 인정해 버리는 순간, 모두 실패하게 되는 겁니다."

진풍도장의 눈에 이채가 흘렀다.

"그대가 나보다 낫구려."

"아닙니다. 소가주에게 몇 마디 주워들었을 뿐이지요."

"과연……."

진풍도장이 악운을 곤륜의 속가제자로 거뒀던 것은 악운의 기도에서 은은히 흘러나오는 인품의 깊이와 정기 때문이었다.

'내 생각이 옳았던 게로구나.'

악한 영향력은 낙인처럼 수많은 피해를 남기고 추종자를 만든다.

반면 선한 영향력은 악한 영향력과 달리 수많은 사람들을 이끄는 것이 쉽지 않다.

방법이 악할수록 더 쉽고, 빠르며, 편안한 길로 보이니까.

하지만 악운은 수많은 고난들을 이겨 내며 그 어려운 길을 꿋꿋하게 걸어가고 있었던 것이다.

백훈만 봐도 그랬다.

"이로써 열 명째군요. 슬슬 놈들 역시 눈치챌 겁니다. 외부 순찰대가 모조리 죽었으니까요."

"갑시다. 새벽이 끝나기 전에 팽가의 자제를 구해야 하오."

"예, 따르겠습니다."

반격의 서막이었다.

"……추적을 붙였다고?"

남궁진이 놀란 표정을 지었다.

"예."

악운의 대답에 놀란 사람은 남궁진뿐만이 아니었다.

제갈지평의 눈빛에는 경악까지 실렸다.

제갈지평이 호흡을 가다듬으며 물었다.

"이 모든…… 상황을 예상하고 있던 것이오?"

"그저 변수를 몇 가지 고려하고 있었고 그중의 하나가 들어맞은 것뿐입니다."

남궁진이 호탕하게 웃음을 터트렸다.

"하하하, 그럼, 그렇지! 그대가 이리 순순히 놈들 손아귀에 들어올 위인이 아니지!"

모용훈의 눈빛에 들뜬 흥분이 섞였다.

"그럼 개봉과 어느 정도 떨어지고 나면 놈들의 마차를 분쇄해 버리는 것은 어떻습니까?"

악운이 고개를 저었다.

"안 됩니다. 낙양에 당도하고 나서 움직이는 게 낫습니다."

"대체 이유가 무엇이오?"

모용훈의 반문에 제갈민이 그제야 악운의 모든 행동이 이해가 간다는 듯 헛웃음을 흘렸다.

"일망타진(一網打盡)을…… 계획했던 거군요."

후기지수들의 등골이 일제히 쭈뼛 곤두섰다.

잠깐의 정적을 깨고 모용혜미가 물었다.

"그런데, 모든 세가들이 일제히 움직여서 소림을 돕는다고 하더라도 과연 혈교와 결탁한 그들을 확실히 제압할 수 있을까요?"

악운은 단호히 고개를 저었다.

"가능합니다. 그들의 강점이 약점으로 돌변한 순간이니까요. 갑작스러운 기습은 저들에게 두려움을 심어주고, 그로 인해 혼란이 일 겁니다. 더구나……."

악운이 좌중을 응시하며 말을 이었다.

"더구나 이미 우리 가문에서는 우리가 낙양에 당도하기만을 기다리고 있습니다."

모용훈이 물었다.

"이미 산동악가에서 현재 우리의 상황에 대해 전부 파악하고 있단 말이오?"

"예."

"맙소사…… 누가 보면 우리가 일부러 그들이 움직이길 기다린 것처럼 알겠군."

남궁진이 피식 웃었다.

"틀린 말도 아니지 않소."

"하긴……."

모용훈은 이 순간에도 표정 변화 없이 고요한 악운을 보며 내심 두려운 생각이 일었다.

'적으로 두면 위험한 사내야.'

새삼 편을 제대로 선택했다는 생각이 모용훈의 머릿속을 스쳐 지나갔다.

"그럼 이제 우리가 할 일은……."

"예, 마차가 멈추고 저들에 의해 문이 열리길 기다리는 것뿐입니다."

악운이 편안한 눈빛으로 마차 벽에 등을 기대고 앉았다.

공동파 대제자 광성은 선두에서 마차들을 이끌고 향하는 산동악가의 후방을 따르고 있었다.

그러던 중 그의 옆에서 말을 몰고 있는 일대제자 효범이 말했다.

"천두 사형은 지금쯤 팽락을 잘 붙잡아 두고 있겠지요?"

"알아서 하지 않겠느냐."

말투는 담담했으나 말 속에는 뼈가 있었다.

'공동이성(崆峒二星)'이라 함께 불린 천두와 사이가 좋지 못했던 것이다.

그도 그럴 것이 본래 광성은 다음 대 장문인에 유력했으나 천두의 이간질과 간계로 사부였던 장문인의 눈 밖에 났다.

그 일로 천두는 다음 대 장문인으로 완벽히 지정되었으며 광성은 그저 대제자라는 허울만 좋은 배분만 갖게 된 것이다.

광성과 친한 효범도 그 사실을 알기에 천두를 언급하며 기분 나쁜 기색을 드러냈다.

"하나 천두 사형은 얕은 간계나 부릴 줄 알지, 이런 중차대한 일에 쓰임새가 있을 만큼 뛰어나지는 않잖습니까. 괜히 일을 그르칠까 염려됩니다. 물론 한편으로는 그르치기를 바라기도 합니다만……."

"듣는 귀가 많다. 말을 가려 해라."

"예, 실언을 했습니다. 송구합니다."

효범을 한차례 꾸짖었지만 사실 광성도 효범과 다른 생각은 아니었다.

하지만 개인적인 바람과는 별개로 이건 결코 실패해서는 안 되는 일이었다.

"본 파의 명운이 걸린 일이니 지금 하는 일에 집중하도록 해. 낙양에서 장로들과 합류할 때까지 산동악가가 언제 마음을 바꿀지 모른다. 전력상으로 분명 저들은 위협적이야."

"예, 알겠습니다."

효범이 고개를 끄덕인 후 물러나자 광성은 저만치 선두에 서서 말을 몰고 있는 악정호를 조용히 응시했다.

'마음에 걸린단 말이야.'

분명 악정호는 자신의 마수에 걸려 꼼짝 없이 혈교의 무사들을 운송 중에 있었다.

하지만 그럼에도 불구하고 광성은 악정호의 눈동자에서 미묘하게 위화감을 느꼈다.

표정은 분명 당혹스러움으로 가득했지만 그의 눈빛에는 굴복이나 무기력감 같은 것이 느껴지지 않았던 것이다.

❧

호사량이 악정호 옆에서 말을 몰며 말했다.

"……이제 반나절이면 낙양에 당도합니다, 가주님."

"그렇구려."

담담히 입을 뗀 악정호는 뒤쪽에 몰려 있는 마차들을 보며 눈을 빛냈다.

난데없이 혈교의 운송 수단이 되다니.

이런 상황은 사실 예상해 본 적 없는 일이었다.

-운이도 지금쯤 이동 중이겠구려.

-예. 아마 후계자들을 넘겨줘야 별 탈 없이 상황이 종료될 것이라 볼 테니 낙양 어딘가에 숨겨 둘 겁니다.

-간악한 자들 같으니……. 감히 맹의 재건을 방해해?

-오히려 우리에게는 잘된 일입니다. 분명 전력상으로는 위험하겠지만. 우리의 갑작스러운 태도 변화는 그들에게 기습과 혼란을 동시에 줄 겁니다. 그것을 확실히 활용해야 합니다.

-알겠소. 확실히 끝도 없어 보이던 혈교와의 전쟁의 끝이 보이는 것 같구려.

-아마도…… 이번 일이 혈교와의 마지막이 되거나 혹은 마지막을 위한 기반이 될 가능성이 농후합니다. 그러니 가주님…….

-말씀하시오.

-우린 반드시 이 전투에서 이겨야 합니다.

악정호는 전음 대신 호사량을 향해 뇌공을 들어보였다.

"뇌공은…… 후일 내 아들에게 무사히 전해질 거요."

호사량이 조용히 웃음 지었다.

❦

덜컹.

마차가 흔들리고, 바깥에서 엄청난 환호성이 들렸다.

"와아아!"

"무당파의 제자들이야!"

"진무관(眞武觀)의 진인들이다!"

쏟아지는 수많은 찬사 속에서 백옥보다 하얀 피부의 여인이 천천히 눈을 떴다.

그녀가 눈을 뜨자 마차 안에 질서정연하게 도열해 있던 백의(白衣) 무인들이 무릎을 꿇고 부복했다.

"낙양에 당도한 것인가."

"예, 궁주님."

무인들 중 새하얀 깃을 가진 다섯 명의 노인들이 그녀의 앞에 고개를 조아렸다.

백록오령(白鹿五靈).

혈교 외원(外院) 중 하나인 북해빙궁(北海氷宮)의 핵심 인물들.

한 명, 한 명이 최절정에 필적한 그들은 극강의 빙공을 구사하는 최정예 고수들이었다.

그리고 그들의 한가운데 자리 잡은 새하얀 장포의 여인은 얼핏 서른도 채 되어 보이지 않는 백옥 미인이었다.

하나.

놀랍게도 그녀는 올해 칠십이 된 노파로, 한때 설천마녀(雪天魔女)라 불린 대마두였다.

"무당의 위선자들이 기어코 우리를 정파의 심장에 들인 것이로구나……. 참으로 재미있는 일이야. 아니 그렇더냐."

"천휘성 사후 처음 있는 일이지요. 금정회 측에서 마음이 급했나 봅니다."

"본 교의 내원 역시 마찬가지겠지. 악가에 의해 엄청난 전력을 잃었으니 말이야. 우릴 이곳에 보낸 것만 보더라도 놈들은 우리의 독립을 두려워하고 있음이야."

"예, 내원의 전력은 확실히 과거의 영광에 비할 바가 못 됩니다. 하나 전대 교주가 부활할 줄은……."

눈동자를 떨어트린 하 장로의 눈빛에 담긴 건 씁쓸함이었다.

"하 장로."

"예, 궁주님."

"설사 교주가 부활했다고는 하나, 내원의 전력은 과거와 다르다. 당장은 경거망동하지 않기 위해 놈들의 뜻대로 움직여 주었으나, 일을 마치고 나면 상황은 확실히 달라질 터. 생각해 보거라, 정파의 위선자 놈들도 교주의 부활은 참으로 거슬리는 일이 아니더냐."

"하지만 탈마에 이른 자를 거스를 수 있겠습니까?"

"그래, 그랬지. 하나 전대 교주는 제 아들의 몸을 차지한 작자다. 약점이 있을 것이야."

분명 그녀도 오래 전 전대 교주의 위용을 견식했을 때, 경악하며 두려워하기까지 했었다.

　그렇기에 이번 전투도 어쩔 수 없이 내원의 뜻을 따라 준 것이었다.

　하지만 이 일을 계기로 정파 위선자들과 손을 잡는다면 많은 것이 달라지리라.

　"저승을 넘어 다시 이승에 부활한 역천의 행위에는 분명 커다란 대가가 있을 게 분명할 터이니, 이번 기회야말로 혈교를 벗어나 독립할 수 있으리라."

　"사력을 다해 보필하겠나이다."

　"빙혼군림(氷魂君臨)."

　"파천시혜(破天時澧)."

　마차 바깥의 환호성 속에 북해빙궁의 비장한 궁호(宮號)가 겹쳐졌다.

꿈

　낙양 무림맹 총본산, 태양각(太陽閣).

　고목으로 지어진 튼튼한 일층짜리 대전(大殿)은 층고 높이가 본래라면 삼 층 전각에 비견될 만큼 아득하게 높았다.

　건 방주는 뒷짐을 진 채 이곳의 복도를 거닐었다.

　곁에는 현비가 비장한 눈빛으로 그의 뒤를 따르고 있었다.

　"비야."

"네, 숙부."

"이곳이 한때 태양무신께서 쓰시던 맹주전임을 아느냐?"

"누가 봐도 그래 보일걸요. 수많은 전각들 중에 제일 으리으리하니까요. 짓느라 돈 좀 들었겠어요."

"······우습게도 맹주께서는 이곳에 머물지도, 계시지도 않았단다. 그저 심득을 비롯한 유산을 보관해 후인들을 위한 장소로만 쓰셨지."

"왜요?"

"쉴 틈이 없으셨다고 하는구나. 끊임없이 전장으로 나서셔야 했고, 도탄에 빠져 있는 민초들을 구원해야 했지. 이곳에는 그저······ 태양무신의 위업에 기대 사는 자들만이 득실거렸을 뿐이었던 게야."

"그럼 애초에 짓지 않게 했으면 되잖아요."

"상징인 게지."

"상징······."

"그분은 그냥 알려 주고 싶으셨던 게야, 당신이 늘 곁에 있음을. 그러자면 모두의 눈에 보여야만 했던 것이지. 건물을 통해서든 사람을 통해서든."

숙부의 말을 듣고 보니 현비는 묘한 감상에 젖었다.

화려한 외관과 달리 맹 내부는 청소만 되어 있을 뿐 장식품이나 액자 같은 건 존재하지 않았다.

부서진 벽화 사이로 휑하니 뚫려 있는 커다란 석실 안이 보일 뿐이었다.

"이곳이…… 유산이 있었던 자리에요?"

"맞다. 한때 태양무신의 심득과 무공서 그리고 난중팔대
야장(亂中八大冶匠)들의 유산이 있었지. 뿔뿔이 흩어져 각파에
보관되거나 사라졌지만 말이야. 혼란 중에 훔친 자도 있었
고, 난전 중에 빼돌린 자도 있었지. 하나 대부분은 명분을 통
해 힘을 합친 구파일방과 오대세가의 수중에 들어갔다."

"분열의 시작이었던 거네요. 태양무신이 원했던 것과는
달리……."

"그랬지. 아주 오랫동안."

"솔직히 감회가 새로워요. 강호의 아귀다툼 따위는 크게
관심도 없었는데 이렇게 한복판에 서게 되다니……. 더구나
숙부가 하루아침에 개방 방주님이 되시기도 했고요. 같이 다
니기 부담스럽네요."

"예끼! 놀리기는……. 허울뿐인 자리야. 내 할 일을 끝내
고 나면 자격에 맞는 이에게 다시 넘겨주면 끝날 일이다."

"벌써 개방 방주 자리를 포기할 생각부터 하세요? 하신 김
에 백 세까지는 하시지."

"백 살까지 살 수나 있겠느냐."

"강호인들은 명이 길잖아요."

"치매는 강호인도 안 가린다."

피식 웃은 건봉효는 다시 진지해진 눈빛으로 부서진 벽화

를 응시했다.

'맹주님, 이 건봉효. 무림맹 재건을 완수하여 못다 이루신 평화의 기틀을 바로잡겠나이다.'

건봉효는 두 손을 모아 벽화 앞에 합장을 하며 고개를 숙였다.

때마침 대전 안으로 개방팔황의 한 사람인 도 장로가 들어섰다.

"방주, 슬슬 화병지(和兵地) 관문으로 가야 할 것 같습니다. 화산파의 장문인이 직접 왔다고 합니다."

"벌써 말이오?"

"예, 가시지요. 따르겠습니다."

고개를 끄덕인 건봉효가 합장을 거두고는 도 장로를 향해 걸어갔다.

"가자, 비야."

"예, 숙부."

건봉효는 현비와 함께 도 장로를 스쳐 지나가며 한마디 덧붙였다.

"형님, 부담스럽게 왜 이러시오? 우리끼리 있을 땐 편하게 합시다, 편하게."

도 장로가 씩 웃었다.

"방주님이 되셨으면 방주 대접을 받는 게 당연하지 않나."

"못 말리겠구려."

설레설레 고개를 저으며 이동하는 건봉효의 눈빛에는 강한 결연함과 정기가 감돌았다.

맹의 재건을 위한 첫걸음이었다.

반드시 성공해야 했다.

화병지(和兵地).

소림의 사천왕문(四天王門), 무당의 해검지(解劍池) 등을 차용하여 천하의 안위를 지키는 맹의 구성원들을 존경하고 기리기 위해 세워진 관문이다.

하지만 형식상만 그런 명분일 뿐.

화병지 안에 들어서는 무인들은 실제로 병장기를 해체하지 않는다.

대신 관문 앞 사당에 보관된 여러 개의 돌탑 위에 문파나 가문을 대표하는 수장이 작은 조약돌을 올려놓는 것으로 구성원이 됐음을 보인다.

부우우웅!

그렇게 화병지를 지나고 나면 제일 먼저 진입하게 되는 곳은 맹호장(盟豪場).

과거 수많은 천하의 호걸들이 모여 비무 행사를 하거나 결의를 다졌던 장소였다.

"오랜만이로구나."

코에 점이 난 중년인이 맹호장을 지나며 말했다.

올해 팔십에 이른 노고수이나 막강한 내공을 통해 젊음을 유지하고 있는 그는, 강호를 이끄는 이성(二聖) 중 일인이자, 무당파의 장문인인 삼풍혜성(三豊慧聖) 유덕천이었다.

그의 곁을 지키는 이들은 무당의 실세, 남암궁(南巖宮)과 옥허궁(玉虛宮) 등 총 여섯 명으로 구성된 무당육현(武當六玄)이었다.

푸더덕.

때마침 전서구 한 마리가 허공을 날아와 남암궁의 심 장로에게 안착했다.

"장문인 진무관의 제자들이 조만간 당도한다고 합니다."

"그런가……? 예상보다 빠르구먼. 다른 이들도 조만간 당도하겠어."

"예."

심 장로는 날아왔던 전서구를 다시 돌려보내며 저만치 마중 나와 있는 소림의 방장을 응시했다.

그는 맹호장에서 태양각(太陽閣)으로 향하는 길목을 신장처럼 지키고 있었다.

방장 달천이 운을 뗐다.

"오랜만에 뵙소, 장문인."

"방장께서도 무탈하셨소이까?"

"무탈이라……. 그것이 속세의 번뇌를 온전히 벗어 내지 못한 빈승에게 어울리는 말이겠소?"

"혼돈과 번뇌는 돌고 돌아 음양으로 나아가기 위한 필연적인 순리가 아니겠소. 받아들이시오."

"필연이라……. 하면 천하의 필연은 충분히 받아들이셨소?"

"누가 옳았는지는 시간이 증명하지 않겠소?"

얼핏 선문답처럼 들렸으나 두 사람이 서로 다른 지점에 있음은 단 몇 마디의 대화만으로도 명확히 드러났다.

달천은 애매모호한 담담한 미소로 화답한 후 입고 있는 가사를 고쳐 잡았다.

"자, 인사들 나누시오."

곁에 선 건봉효가 포권을 취했다.

"장문인을 오랜만에 뵙소."

"방주가 되었다는 소식은 일찍이 들었소. 감축드리오. 분타주에서 방주가 되는 입지전적의 인물이 되셨구려."

"영광이긴 하나 오래 앉을 자리는 못되는 것 같소. 자, 이쪽으로……. 미리 당도한 다른 분들도 태양전으로 모일 것이오."

이어서 건봉효가 뒤에 선 도 장로에게 말했다.

"도 장로는 무당의 제자들이 머물 곳으로 안내해 주시오."

"예, 알겠습니다."

이내 무당파 제자들이 개방도들의 안내에 따라 이동했고,

유덕천은 각파의 수장들이 있을 태양전으로 향했다.

꿍

악정호는 자리에 앉으며 장내에 자리 잡은 여러 고수들을 응시했다.

'이들이 모두 한자리에 모이게 될 줄이야…….'

새삼 놀라운 일이다.

아니, 애초에 무림맹 재건이 일어날 줄은 꿈에서나 상상했을 법한 일이었다.

그런데 어느 날 모든 것이 바뀌었다.

그리고 그 중심에 운이가 있었다.

'무사한 게지? 아비는 너를 믿고 움직일 것이다.'

악정호는 태양전에 참석하기 직전 장취봉과 나눴던 대화가 선명하게 스쳐 지나갔다.

－뜻대로만 해 주신다면 소가주는 무사히 돌아올 것입니다. 소가주의 안위가 걱정된다면 부디 아무것도 하지 마십시오. 무기력하다고 느낄 만큼 아무것도…… 그 어느 의견도 주장도 펴지 마십시오. 그저 숙이고만 있는 것이 가주께서 해 주셔야 할 일입니다. 아시겠습니까?

장취봉의 비릿한 미소는 확신에 차 있었다.

그러나 놈은 모른다.

어설픈 확신은 화를 불러오기 마련이라는 것을.

"약조한 일정에 곤륜파가 오지 못한 것은 아쉬우나 곤륜을 제외한 모든 일원들이 모였기에 십오 대 무림맹 회합을 시작하겠소. 현재 맹의 맹주 자리는 공석이니 불가피하게 회의의 주관은 임시적으로 빈승이 할까 하오. 이의 있는 분은 말씀하시오."

장내에 싸늘한 침묵과 긴장이 감돌았다.

동시에 유덕천이 말했다.

"뜻대로 하시오."

고개를 끄덕인 달천이 좌중을 응시하면서 말을 이었다.

"회합의 우선과제는 금정회란 단체에 관한 이야기요, 건방주."

기다렸다는 듯 건봉효가 근엄한 눈빛으로 말했다.

"최근 사천당가는 금정회에 속해 있었다고 스스로 밝혔소이다. 또한 이곳은 항주에 자리 잡은 혈교의 지부와 결탁하고 있었으며, 그간 중요한 운하들과 장강 이남까지 진출해 온 천룡채를 눈감아 주기도 했소. 결국 원룡회의 배후 세력이기도 한 셈이었소."

적하선인(赤霞仙人) 정진.

강호행이 많지 않아 명성이 드높지는 않았지만, 매림지선과 자웅을 겨룰 만한 실력이라 알려져 있었다.

"참담하구려. 본 파 또한 오랜 세월 천하의 진실을 보지 않으려 회피했소. 이번에야말로 강호의 도의를 바로 잡아야 할 때요. 화산은 맹의 일을 적극적으로 도울 것이오."

건봉효가 무겁게 고개를 끄덕인 후 말을 이었다.

"아마 모두가 그래야 할 것이오."

"꼭 겁박처럼 들리는구려?"

가시 돋친 뾰족한 말투의 여인이 승복을 고쳐 쥐며 말했다.

아미파의 효명사태였다.

동시에 건봉효가 차분한 눈길로 말을 이었다.

"그렇게 들리실 수도 있소."

"뭐요?"

"산동악가 가주께서 혈교 지부에서 취득한 수많은 증좌가 있소. 그 중에는 금정회와 혈교의 맹약이 담긴 증좌도 있으며, 그간 실종되었던 수많은 문도와 가솔들의 유산도 있소이다. 혈교 지부 놈들은 그것들을 보관하며 평화에 스며들고 있었던 게요! 나아가 금정회는 그것을 지켰고! 아미파 역시 그 중 하나잖소!"

자연히 수많은 시선들이 침묵하는 악정호에게로 모였다.

그런데 그때였다.

악정호는 쉬이 입을 열지 않고 계속 침묵을 지켰고, 팔우

(八字)의 일인인 복마뇌옹(伏魔雷翁) 명룡진의 입가에 묘한 미소가 걸리기 시작했다.

"사실이오?"

가늘어진 명룡진의 눈은 많은 의미를 함축하고 있었고, 건봉효 역시 무언가 분위기가 미묘하게 거슬리는 것을 직감했다.

'명룡진뿐만이 아니다.'

천하사패의 일인이자 점창파의 장문인 만천단군(晩天斷君) 황시범의 입가에도 비슷한 미소가 감돌아 있었다.

계속 거슬리는 것들이 조금씩 그 본색을 드러내는 기분이 들었다.

'이 일에 이제껏 누구보다 적극적일 곤륜은 약조한 시간에 도착하지 못했고, 적극적으로 항변해야 할 금정회의 문파들은 여유가 넘친다. 더구나……'

건봉효의 눈이 빠르게 탁자 앞에 놓인 인물들의 면면을 살폈다.

각자 다른 표정이었다.

팔우의 일인인 현평검군 제갈위는 담담했고, 천하사패에 속한 종남파 유운진인(流雲眞人) 상경과 천하오절에 속한 청성파의 대라진인(大羅眞人) 왕정은 주변의 눈치를 보면서 시류를 읽기 바빠 보였다.

그저 관망하는 부류다.

하지만 하북팽가의 가주, 하북신도(河北神刀) 팽휘종의 눈빛은 묘하게 달랐다.

가라앉아 있었지만 위태로워 보였고 미묘한 노기가 느껴졌다.

'내가 확인하지 못한 무언가가 있는 것이야. 하나 당장 이 자리에서 할 수 있는 것이 없어. 그저 악 가주의 말을 들어보고 판단하는 수밖에.'

건봉효는 아직도 입을 열지 않고 있는 악정호를 불안한 눈빛으로 응시했다.

그 순간 악정호가 정적을 깨고 입을 열었다.

"협박을 하나 받았소."

동시에 팽휘종의 눈빛이 세차게 떨렸다.

"멈추시오, 가주……!"

현재 팽원의 생사를 모르는 팽휘종으로서는 악정호의 반응이 놀라우면서도 반갑지 않았다.

악정호가 고개를 저었다.

"해야 하오. 지금 하지 않으면 아무것도 할 수 없소."

팽휘종은 복잡한 심사인 듯 입을 다시 다물었고, 악정호는 여러 시선 속에 계속 말을 이었다.

"무당의 대제자 장취봉이 나를 찾아와 그러더이다. 개봉의 죄 없는 민초들과 내 아들을 지키고 싶다면 아무것도 하지 말라고."

달천이 악정호 대신 유덕천에게 반문했다.

"사실이오?"

예상과 다른 전개에 유덕천은 침묵해 버렸고, 악정호는 금정회에 속한 문파들을 노려봤다.

"저들은 그것을 빌미로 내게 여러 대의 마차 수송을 부탁했소. 여러 대의 마차를 개방의 눈을 피해 맹(盟)의 총본산까지 들일 수 있게 말이지."

단숨에 상황을 파악한 건봉효가 나지막이 물었다.

"그 마차 안에…… 무엇이 있었소?"

"혈교의 무리였소."

"그들을…… 데리고 이곳까지 들어왔단 것이오?"

"그렇소. 나뿐이 아니오. 개봉에 주둔하고 있던 하북팽가, 모용세가, 제갈세가 역시도 같은 상황이오."

순식간에 장내가 싸늘하게 얼어붙었다.

"주범은 금정회, 저들이오."

조용히 듣고 있던 유덕천이 입을 열었다.

"굳이 권주를 두고 벌주를 택하는 듯 보이나 아직 선택의 여지는 남아 있소. 사실 무엇을 택하든 달라질 것도 없겠지만……."

본격적으로 적의를 드러낸 유덕천을 필두로 탁자에 앉아 있던 이들이 각자의 병장기를 쥐며 슬그머니 일어났다.

달천의 눈빛이 그 어느 때보다 깊게 가라앉았다.

"어찌하여 이렇게까지……! 장문인, 무엇이 그대를 이리도 궁지로 몰아넣은 게요?"

효명사태가 날카롭게 일갈했다.

"위선 떨지 마시오, 방장! 방장이 이제껏 한 것은 그저 관조, 관망, 이따위 뜬구름 잡는 것들뿐이었소! 정작 전후의 이 혼란스러운 강호를 지켜 온 건 우리였소! 협잡이든 간계든, 무슨 말로 표현하든 혈교 놈들을 억눌러 온 건 우리란 말이오!"

쾅!

건봉효가 강하게 탁자를 내리쳤다.

"억눌러 와? 대체 무엇을? 그 위험한 화홍단이 시중에 돌아다녔고, 그것을 유통하는 자들까지 늘어났소! 혈교의 잔재들이 원룡회와 같은 자들로 인해 돈을 버는 수단이 되었고, 천하는 도탄에 빠졌지! 그대들은 그저 아귀 같은 탐심을 찾을 명분이 필요했던 것이었을 뿐이오!"

명룡진의 눈빛에도 강렬한 기세가 흘러나왔다.

"무엇으로 우리를 표현하든 상관없소. 지금 중요한 것은 그저 우리의 뜻에 따를 것이냐, 말 것이냐를 결정짓는 것뿐이니. 자, 솔직히 말하지. 이미 본 맹에 난입한 혈교 놈들은 움직이기 시작했고, 개봉의 개방도들도 우리를 돕고 있소."

건봉효의 눈이 가늘어졌다.

"역시 그랬나."

"이제야 눈치챈 듯 보이나 이미 늦었소. 이제 맹 내부에 진입한 혈교와 함께 각 파의 제자들이 움직일 것이오. 하지만 모두가 알다시피 지금 우리의 적은 소림의 방장과 개방의 방주일 뿐이오. 이미 한배를 탔으니 그대들은 그저 관망만 하면 되오."

화산파 장문인 정진이 말했다.

"대체, 무슨 짓들을……! 모두 미치기라도 한 것이오?"

점창파 장문인 황시범이 씩 웃었다.

"미치지 않았소. 아주 멀쩡하다오. 그저 과거와 다를 바 없는 것이오. 각 후계자들이 납치된 오대세가는 이 일에서 빠지고 더러운 물에 손을 담그지 마시오. 그냥 고고하게 살란 말이오, 이제껏 그랬듯이."

단호한 그의 음성을 끝으로 유덕천이 다시 입을 열었다.

"그러니 말하지. 빈도는 오늘, 피를 봐야겠소이다."

두두두!

마차는 빠른 속도로 관도를 질주 중이었다.

천천히 눈을 뜨기 시작한 팽락은 희미한 의식 속에서 낯선 이들이 앉아 있는 것이 눈에 들어왔다.

"깨어났나 보구려."

사자를 떠올리게 만드는 인상이나, 눈빛에서는 선풍도골의 기도가 느껴지는 중년인이었다.

팽락이 갈라지는 목소리를 냈다.

"곤륜의 진인이십니까?"

고고한 기상이 느껴지는 선인이 고개를 끄덕였다.

"맞소. 곤륜의 진풍이라 하오."

"옥청백검(玉淸伯劍) 선배님이시군요!"

"허명이오. 그보다 무사히 깨어나서 다행이구려. 애당초 그들은 팽 공자를 죽일 생각이 없었던 모양이오. 위험할 정도의 독을 투여하지 않아서 해독하는 데 큰 어려움은 없었소."

"저를…… 구출해 주신 것입니까?"

"그렇소. 하나 빈도 혼자서는 훨씬 힘들었을 것이오. 백 대협이 나를 도와 움직였소."

백훈이 인사를 위해 가볍게 고개를 끄덕였다.

"백훈이오."

"도평검객……? 산동악가로군. 설마…… ."

"그 '설마'가 맞소. 소가주가 당신을 구하라고 나를 이리로 보냈소. 무리에서 떨어져 나간 그쪽이 위험할 수도 있다고 하더군."

"어떻게 예상하고…… ."

진풍도장이 다시 입을 열어 백훈 대신 대답했다.

"그건 내가 설명하리다. 소가주는 애초에 무림맹 회합과 관련된 여러 종류의 변수를 고려하고 있었다고 하오. 혈교 측에서는 무림맹 재건이 가장 위협적이 요소일 테니……. 그 중에 하나가 후기지수 납치라고 고려한 것이오. 나아가 금정회에 관련된 문파들 역시도 움직일 거라 보았던 게지."

침묵하던 팽락은 순간 소름이 돋았다.

'악운 그자는 내게 시비가 걸리던 그 시간에도 다른 종류의 위협을 고려하고 있었던 것인가? 그는 그저 천하의 평안을 신경 쓰고 있었을 뿐, 내 사사로운 시비는 안중에도 없었던 것이야!'

동시에 팽락은 얼굴이 벌게질 만큼 부끄러운 마음이 들었다.

"저는 그에게 시비를 걸었습니다. 원룡회로 인해 팽가에게 수치심을 준 악가가 눈엣가시처럼 보였지요. 그런데 지금와서 그의 도움을 받고 나니 악운 소가주는 그따위 것들이 크게 중요했던 것 같지 않았던 모양입니다."

백훈이 피식 웃었다.

"한마디 더 얹자면, 관심도 없었을 거요. 지금 소가주는 오로지 단 하나의 목적에만 열중하고 있소."

"그게 무엇이오?"

"혈교의 궤멸."

팽락은 헛웃음을 흘렸다.

"그게 가능한 일이오?"

"불가능하다고 생각하는 이유는 무엇이오?"

"그건……."

쉽게 말을 잇지 못하는 팽락은 백훈의 표정에 깃든 확신을 느꼈다.

'가솔에게마저 이토록 절대적인 확신을 줄 만큼 뛰어난 건가?'

팽락은 새삼 악운의 명성이 진짜 악운을 드러내기엔 터무니없이 부족하다는 것을 실감했다.

잠깐 생각에 잠겨 있었던 팽락이 다시 입을 열었다.

"이제 우린 어디로 가는 것입니까?"

진풍도장이 깊어진 눈빛으로 대답했다.

"낙양으로 갈 것이오."

"맹으로 말입니까?"

"그렇소. 하나 이미 시작됐을지도 모르겠구려."

팽락은 그제야 자신의 납치로 인해 시작됐을 여파가 떠올랐다.

"제 납치 이후 무슨 일이 일어났습니까?"

"소가주의 안배를 통하여 남겨진 인편에 따르면 금정회의 주축인 네 개 문파…… 무당, 아미, 점창, 공동 측에서 혈교의 잔당이 낙양에 진입할 수 있게 돕고 있다고 했소."

"그럼……."

"맞소. 금정회가 볼모로 삼은 그대와 도심의 안전을 빌미로 후기지수들을 협박하여 가둬 놨고, 그 과정에서 다른 가문들을 겁박했다고 하오. 혈교 잔당을 옮길 수송 편으로 쓰기 위해서 말이지."

팽락의 눈가가 파르르 떨렸다.

이건 최악의 수치였다.

'모두 나 때문이었던 것이야.'

주먹을 움켜쥔 팽락은 쉽게 고개를 들지 못했다.

지켜보던 백훈이 물었다.

"계속 이렇게 자책하며 무너져 있을 것이오?"

팽락이 대답 대신 떨궜던 고개를 천천히 들었다.

"……."

"현재 낙양은 혈교와 금정회의 무리들이 혼란을 가중시키고 있지. 하나 나는 그곳에 가서 힘을 보태는 대신 소가주의 뜻에 따라 팽 대협 당신을 구했소. 그게 무슨 뜻인지 아오?"

백훈이 힘주어 말을 이었다.

"당신의 목숨이 적에게 그만큼 가치가 있었다는 소리요. 그러니 당장이라도 정신 차리고, 머지않아 있을 전투에 대비하시오. 조만간 낙양에 당도할 것 같으니까."

팽락은 조용히 고개를 끄덕였다.

'그래, 그의 말이 옳다. 수치심 따위 그저 극복하면 될 일…… 지금은 가문과 천하를 위해 싸워야 해.'

백훈은 다시 팽락의 눈빛을 살피고 나서야 희미하게 미소 지었다.

"이제야 싸울 준비가 끝났나 보구려. 당신의 도는 미리 챙겨 뒀소. 회수하시오."

도를 받아 든 팽락이 두 사람을 향해 고개를 숙였다.

"은혜는 추후에 갚겠소."

"은혜는 됐고, 도착하면 혈교 놈들 한 놈이라도 더 베시오."

팽락이 이를 갈며 대답했다.

"당연한 말을."

꿩

깜깜한 마차가 완전히 움직임을 멈췄다.

그 후 바깥에서는 기척이 줄어들더니, 머지 않아 그나마 느껴지던 기척마저 사라졌다.

모용훈이 자리에서 일어나며 말했다.

"외부의 소음이 사라지고 갑자기 고요해졌다는 건…… 아무래도 창고나 안가로 진입한 거 같소."

제갈민이 고개를 끄덕였다.

"개시군요. 금정회와 혈교 모두 움직였을 거예요. 지금쯤 팽락 대협도 구출됐을 테고요."

"좋아. 움직여 볼까."

남궁진이 검을 쥐고 자리에서 일어났다.

그들은 딱히 병장기를 거둬 가지 않았다.

어차피 적들의 목적은 그들을 붙잡아 두는 것일 뿐, 그 이상도 그 이하도 아니었기 때문이다.

잇달아 제갈지평이 말했다.

"저들의 최종 목적지는 얘기했던 대로 맹의 부지일 것이오. 곧장 그리로 가는 것이 좋겠소."

남궁진이 닫혀 있는 마차 문에 서며 말했다.

"선두는 내가 서지."

"그게 좋겠어요. 현실적으로 가장 최약체인 저와 모용 동생은 중열에 자리 잡을게요. 후방은 악 소협과 제갈 대협이 선두 보조는 모용 대협이 서 주세요."

모용훈이 병장기를 고쳐 쥐며 말했다.

"알겠소."

대답이 끝나기 무섭게 남궁진의 검이 번쩍였다.

콰지짓! 쾅!

단숨에 폐쇄되어 있는 마차 문을 박살낸 남궁진은 마차에서 훌쩍 뛰어내리며 사위를 확인했다.

지푸라기가 밟히는 층고가 높은 마방(馬房)이었다.

동시에 마방 바깥에서 고함이 터져 나왔다.

"안쪽에서 소리가 났어!"

"비상이다!"

얼마 지나지 않아 마방에 난 양쪽 대문이 거칠게 열렸다.

삽시간에 마방을 가득 메운 건 무당파 도복을 입은 태청관의 도사들이었다.

"무슨 일이냐!"

빠르게 태청관의 도사들 사이로 모습을 드러낸 건 태청관의 수장인 무당 장로 오건평.

'이놈들이 어째서……?'

사질인 장취봉은 분명 완벽하게 일 처리를 끝내 놨다.

후기지수들을 완벽히 마차에 몰아넣어 발목을 붙잡았고, 혈교 외원 무사들이 자리 잡은 마차를 본산 부지 근방에 자리 잡게 했다.

'조금만 있으면 되거늘…….'

이제껏 고분고분히 있던 자들이 갑자기 마차 문을 부수고 나온 것이 쉽게 이해가 되지 않았다.

오건평은 우선 말로 해결해 보고자 입을 열었다.

"왜 갑자기 소란을 피우는 것인지는 모르겠으나 이쯤 하지 않겠는가? 그대들이 이리 나와 봤자 서로 좋을 것이 없네. 이미 승기는 기울었고, 조만간 모든 것이 끝나면 그대들은 본래 가문으로 돌아갈 수 있을 것이야. 조금만 참으면 될 것일세."

겉으로 듣기엔 얼핏 달콤한 말이었다.

하나 상대를 잘못 골랐다.

남궁진의 눈썹이 역팔자로 휘었다.

"수치스럽게 살 바엔 지금 당장 자결하겠다. 그런 각오로 오늘 금수만도 못한 네놈들의 목을 모조리 씹어 먹어 주마."

오건평의 눈동자에 살의가 흘렀다.

"이놈이……! 네놈들이 그리 나와 봐야 이미 뒤집힌 판세를 뒤집을 수는 없을 것이……."

그 순간, 미풍이 불고.

사아아아악!

어디선가 날아간 창이 오건평의 목을 꿰뚫었다.

"큭……."

마치 공간을 격하고 나타난 듯한 창은 오건평이 검을 쥐기도 전에 그의 명을 끊어 놓았다.

소름끼치는 창속이었다.

태청관에 속한 이대 제자들의 눈빛이 크게 흔들렸다.

"자…… 장로님!"

"목이……."

믿기지 않는 현실에 태청관의 제자들은 일제히 얼어붙어 버렸다.

최절정에 이른 오건평의 목이 이리도 쉽게 베일 줄은 꿈에도 예상 못 한 것이다.

그건 지근거리에 있던 남궁진 역시 마찬가지였다.

'이기어창도 모자라 기척도, 기운도 제대로 느끼지 못했다. 심지어 이젠 그의 존재마저 범부처럼 희미하게 느껴질 지경이야. 대체 어떤 경지에 오른 거지? 그새 격차가 더 벌어진 건가? 최근 나 역시 화경에 이르며 조금은 따라잡았다고 생각했건만…….'

남궁진은 단숨에 장로를 쓰러트리는 악운을 보며 말없이 마른침을 삼켰다.

하나 동시에 호승심이 일었다.

'그래, 그래야 내가 인정한 무인이지.'

남궁진은 온몸에서 피어오르는 기분 좋은 긴장감을 느끼며 웃음 지었다.

반면 함께 서 있는 후기지수들은 직접 체감한 악운의 신위에 할 말을 잃은 표정이 되어 헛웃음만 흘렸다.

"오라버니가 그렇게 놀란 얼굴을 오랜만이네요."

제갈민의 말에 제갈지평의 치켜뜬 눈이 다시 본래 크기로 돌아왔다.

"그……런가? 몰랐구나."

"보고도 믿기 힘든 일이에요. 저 나이에 벌써 이기어창을 이 정도 수준으로 구사하는 무인이라니…….""

"그래, 진심으로…….""

제갈지평은 '두려워졌어'라는 말을 목구멍 밖으로 꺼내지 않았다.

굳이 그 정도 감정까지 육성으로 드러내고 싶지는 않았던 것이다.

복잡한 심사를 담은 제갈지평의 눈동자가 무당 제자들을 향해 걸어가는 악운의 등을 향했다.

저벅저벅.

그렇게 수많은 시선을 한 몸에 받으며 걸어간 악운은 오건 평의 목을 향해 손을 뻗었다.

콰직!

그러자 뼈를 조각내며 다시 그의 손에 되돌아온 주작에 파괴적이고 강력한 강기가 솟구쳤다.

"안 싸울 건가?"

나직한 악운의 반문에 그제야 정신을 차린 무당 제자들이 황급히 악운을 향해 돌진했다.

도망치고 싶은 마음이 한가득했지만 무당 제자들은 직감한 것이다.

도망치는 것조차 선택할 수 없는 처지임을.

이를 악다문 무당 제자가 독기 가득한 눈빛으로 쇄도했다.

"죽어!"

그를 필두로 나머지 무당 제자들이 양쪽 문을 통해 후기지 수들을 향해 파도처럼 밀려들었다.

"장로님을 벤 악귀를 죽여라!"

"한 놈도 남기지 말고 모두 죽여!"

악운은 더 이상 입을 열지 않고, 허리께에서 흑룡아를 뽑아 들었다.

사아악!

한 손에는 주작, 한 손에는 흑룡아를 쥔 악운의 몸이 돌풍처럼 달려드는 무당 제자들을 휩쓸고 지나갔다.

서걱! 서걱!

그건 더 이상 대적(對敵)이 아니었다.

일방적인 살육이었다.

삽시간에 열댓 명의 목이 날아가고, 그들에 의해 가로막혀 있던 바깥 풍경이 악운의 눈에 들어왔다.

멀리 고루 전각들이 보였다.

예상대로 맹(盟) 근처에 갇혀 있었던 것이다.

악운은 팔이 잘린 채 떨고 있는 무당 제자의 목을 창대로 내리찍어 부서트린 후 발길을 옮겼다.

비로소.

강호에 곪아 버린 고름을 터뜨릴 때가 됐다.

결의

태양전 앞.

후발대로 합류한 악로일당이 악로삼당과 함께 회합이 진행되는 부근에 진을 치고 있었다.

그들뿐이 아니었다.

각 파와 각 가문의 호위 병력들도 마당 곳곳에 진을 친 채 회합이 끝나길 기다리는 중이었다.

그런데 그때였다.

사방에서 스멀스멀 강렬한 살의와 마기(魔氣)가 느껴졌다.

노르가 먼저 눈을 빛냈다.

"형님."

"안다."

고개를 끄덕인 알하가 기다렸다는 듯 곁에 서 있는 호사량과 사마각주를 쳐다봤다.

사마 각주가 무겁게 고개를 끄덕였고, 호사량은 말없이 검파에 손을 올려놓았다.

그사이 개방 방도들과 소림의 승려들이 일제히 일갈을 터트렸다.

"적이다! 혈교가 난입했다!"

"십팔나한진을 펼쳐라!"

"황룡타구봉진을 펼칠 것이다!"

오십여 명 남짓한 인원들이 일제히 결집하며 진을 펼치자마자, 무당을 비롯한 금정회의 무리도 일제히 검을 뽑았다.

스릉! 스릉!

무당육현과 장취봉이 선봉에 섰다.

"소림과 개방을 쳐라! 청성과 종남, 오대세가는 모두 나서지 마시오!"

"소림과 개방의 인사는 모조리 참살하고, 나머지는 내버려 두어라!"

적아를 확실히 가르는 일갈에 검을 뽑아 들었던 종남과 청성이 주춤거리며 옆으로 물러났다.

구구구!

동시에 태양전으로 통하는 문을 통해 일천이 넘어 보이는 숫자의 무사들이 몰려들었다.

북해빙궁이 설천마녀와 백록오령(白鹿五靈)을 필두로 도포 자락을 휘날리며 달려왔고, 온갖 짐승의 머리 가죽을 뒤집어 쓴 남월야수문이 담벼락을 타고 밀려들었다.

"으하하! 소림 땡중의 피라! 내 부친의 복수를 할 때가 도래 했구나! 오늘이야말로 눈알을 파내서 잘게 씹어 버려 주마!"

남월야수문의 문주 맹학이 하늘이 떠나가도록 광소를 터 트렸다.

그런 맹학의 뒤로 거구를 자랑하는 세 명의 야수삼왕(野獸 三王)이 담벼락을 통째로 부수고 무너트리며 반강제로 문을 만들었다.

콰쾅!

와르르 무너져 내린 돌담 뒤로 피처럼 붉은 두건으로 눈만 빼고 모든 얼굴을 가린 무사들이 등장했다.

비타채(飛駝寨).

혈교에게 복속되기 전만 해도 서장의 사막을 지배하던 약 탈의 전사들이었는데 비단길을 오가는 수많은 상인들이 그 들의 이름에 벌벌 떨었다.

이십 대 채주, 야진의 눈이 살의로 희번덕거렸다.

"사막의 전사들이여, 안락에 빠진 자들을 경멸하라. 오늘 중원은 비타채를 향해 굴복하고, 경외할 것이다."

야진을 따르는 네 명의 부채주.

변황사괴(邊荒四怪)가 킬킬대며 달려갔다.

"반항하는 사내놈은 죽이고 여인은 노예로 삼아라! 크하하!"

"중원의 여인들이 그리 달콤하다던데, 어디 이번에야말로 맛 좀 보자꾸나!"

"죽여라, 죽여!"

그야말로 중원을 혈난으로 뒤덮을 만한 혈교의 외원 병력이 네 문파의 호위 병력과 더불어, 태양전을 짓누른 것이다.

구구구구!

어마어마한 위압감에 소림사의 승려들과 개방의 무인들이 눈을 부릅떴다.

"적의 숫자가 너무 많다! 십팔나한진을 거두고, 태양전 안으로 후퇴하라!"

"걸개들아! 소림에 합류하여 태양전 안으로 진입해라!"

소림과 개방은 드넓은 공간에서의 합공을 경계하는 것인지 빠른 속도로 전각 안으로 후퇴했다.

그렇게 한발 물러난 오대세가의 관망을 보며 장취봉은 조소했다.

'이제 천하의 수좌는 무당의 것이 될 것이고, 그 후대의 수장은 나 장취봉이 되리라.'

태양전 안으로 진입하는 장취봉의 눈에는 진한 야욕이 담겼다.

건복궁을 이끌고 온 청성파의 벽오자는 헛웃음을 흘렸다.

'무당파가 이리 나올 줄은 몰랐군. 게다가 오대세가까지.'

우두커니 서 있던 오대세가의 호위 병력들은 마치 약속이라도 한 듯 혈교의 무사들을 충돌 없이 무사통과시켰다.

'이미 얘기가 된 것이 틀림없다. 소림과 개방을 정리하고자……'

선 진입한 무당, 아미, 공동, 점창이 주축이 되어 수많은 난(亂) 속에서도 품위를 지켜 온 두 집단을 철저히 분쇄하려고 하는 것이다.

'지금은 그저 관망하는 것이 옳다. 아무도 나서지 않는데 굳이 나설 필요가 없……'

막 그 생각이 들려던 찰나.

산동악가의 사마 각주가 다가왔다.

"벽 진인."

서로 통성명 정도는 미리 나눠 뒀기에 정식적인 인사는 크게 필요 없었다.

"사마 각주, 대체 어떻게 된 것인지 말해 줄 수 있소?"

한때 적이었던 산동악가와 청성파였으나, 둘의 갈등은 산동악가의 완벽한 승리로 돌아갔고, 청성파는 이제 산동악가의 눈치를 보는 위치로 전락했다.

눈치를 보던 종남파의 장로인 벽운검옹(碧雲劍翁) 진산 역시도 유운당(流雲黨)을 이끌고 곁으로 다가왔다.

"소림과 개방을 제거하기 위해 모두 혈교와 결탁한 것이오?"

진산의 물음에 사마 각주는 고개를 저었다.

"아니오."

단호한 사마 각주의 대답에 진산과 벽오자의 눈빛이 의아하게 바뀌었다.

벽오자가 다시 입을 열었다.

"그럼 어째서 그자들이 그대들과 우리는 놔두고 소림과 개방의 인물들만 쫓아서 들어간 것이오?"

"우리가 그들의 뜻대로 움직일 거라 생각했기 때문이오."

사마 각주는 그간 그들의 의도대로 움직여 온 사실을 짧게 설명한 직후 계속 말을 이었다.

"솔직히 말씀드리면 놈들의 의도대로 따라 준 것은 단 하나의 이유 때문이었소. 바로…… 발본색원을 위해서였지."

"대체 어떻게 말이오?"

"말씀드리기 전에 당부드리고 싶은 것이 있소."

진산이 눈을 빛내며 넌지시 물었다.

"무엇이오?"

"두 분께서는 혈교와 결탁한 금정회를 도울 것이오, 아니면 우리와 함께 그들을 분쇄하는 걸 도우실 것이오?"

나직이 묻는 사마 각주의 등 뒤로 어느새 남궁세가를 비롯한 오대세가의 호위 병력들이 병장기를 뽑아 들며 결집하고 있었다.

　"오랜만에 함께 싸우는구려."

　"미력하나 함께 힘을 보탤게요."

　알하와 노르의 곁으로 끈끈한 혈맹이 된 황보세가의 황보세명과 황보연이 뇌후대를 이끌고 섰다.

　"여기 화산도 있네."

　"우리 남궁세가가 또 한 번 악가에 빚을 졌구려. 고맙소."

　동시에 청명과 자리한 상청대(上淸隊)가 주변에 둘러섰고, 남궁세가의 최정예 유 대주의 창천귀로(蒼天鬼路)와 종명의 대영당이 날카롭게 눈을 빛냈다.

　그뿐이 아니었다.

　"대세를 저버릴 수야 있겠소?"

　제갈세가의 가주가 가문 내의 무력 집단 중 가장 신임하는 백란선풍회(白鸞仙風會)와 회주 여호탁이 섭선 대신 검을 뽑아 들었다.

　스릉, 스릉.

　하나 그중에서도 가장 진한 적의를 드러낸 인물은 하북팽가의 수장을 대대로 지켜 온 벽력패왕로(霹靂霸王路)와 그 수장, 팽홍이었다.

　"정말로 둘째 공자가 무사한 것이오?"

"믿으시오. 무사하오. 조만간 이곳에 당도할 것이오."

"하면 나 팽홍이 선봉에 서겠소."

여호탁 역시도 마찬가지였다.

"공녀와 공자 모두 무사하다면 본 가 역시도 그들의 겁박에 굴복할 필요가 없소이다. 합류하겠소."

순식간에 수백으로 불어난 정파의 원군.

그 선봉에 선 알하가 예기 담긴 눈빛으로 물었다.

"이제 종남과 청성의 선배들께서는 어찌하실 것이오?"

먼저 결심을 내린 사람은 벽오자였다.

"오랜 세월 강호의 암투 속에 살아왔소. 정파의 신뢰, 의기를 믿지 않은 지는 오래됐지만…… 적어도 혈교와 같은 편에 설 생각은 없소. 청성은 그대들의 뜻에 동참하겠소."

"좋소. 혈교를 믿을 수야 없지. 종남 역시도 본 파 장문인의 안전을 확보하고 혈교가 물러날 때까지 곁에 있겠소."

중립에 섰던 종남과 청성의 합류까지 약조받자마자 호사량이 기다렸다는 듯이 말했다.

"그럼 시작하지요."

알하가 고개를 끄덕였다.

"모두 잘 들으시오. 우린 지금 즉시 진입하지 않을 것이오. 대신 현 시간부로 태양전을 불태울 것이오. 서둘러 가져온 기름을 부어라!"

진산이 눈살을 찌푸렸다.

"하지만 안에는 본 파의 장문인이 있소이다……!"

"선배께서는 걱정 마시오. 내 목을 걸고 장담컨대 본 가의 가주께서 모든 분들의 안위를 책임질 것이오. 자, 모두 챙겨 온 기름을 태양전 주변에 뿌려라! 그 후에 불에 놀라 뛰쳐나오는 적들을 벨 것이다."

알하의 웃음에 담긴 건 걱정이 아닌 확신이었다.

이제껏 적들의 움직임에 방관만 했던 건 바로 이 순간을 위해서였던 것이다.

꿍

악정호는 창을 쥔 채 호사량과 나눴던 대화를 떠올렸다.

—소가주는 직접 후기지수들의 안위를 확보할 테니 그것을 믿고 움직이라고 하였습니다. 그럼 저희는 둘로 나뉘어야 합니다.

—어떻게 말이오?

—가주님께서 각 수장들의 안위를 살피시는 사이, 저희가 바깥의 상황을 확보하겠습니다. 소림과 개방의 호위 병력에 유인책이 되어 달라 부탁하고, 그사이 바깥의 모든 상황을 정리하겠습니다.

—그 후엔?

―소가주가 태양전에 불을 지르라고 하더군요. 화마를 일으켜서 놈들에게 혼란을 줄 것입니다. 그럼 놈들 역시 당장은 물러날 수밖에 없겠지요.

―그때부터 내가 할 일이 생기겠구려.

―예. 가주님. 지금부터 놀라지 말고 들으셔야 합니다. 실은 소가주가…….

"감히…… 내 길을 막는 것인가."

"방장 스님의 목을 그대와 같이 협잡이나 꾸미려는 자에게 맡길 수야 있겠소?"

악정호가 뇌공을 강하게 휘둘러 유덕천을 한차례 밀어냈다.

타타탁!

잔발을 치며 물러난 유덕천의 눈빛이 깊게 가라앉았다.

"오대세가의 수장들께서는 들으시오. 현재 여러분들의 자제들은 본 가에 의해 구출되어 낙양으로 오고 있소. 그러니 더는 그들의 행동에 동조하지 마시오."

유덕천이 그들의 결집을 방해하기 위해 일갈했다.

"그럴 리 없다! 허장성세인 게 틀림없음이야!"

악정호를 믿는 남궁문이 유덕천에게 검을 겨눴다.

"그거야 두고 보면 알게 되지 않겠소?"

동시에 팽휘종이 완전히 도를 뽑아 들었다.

"진작 이야기해 주면 좋았잖소!"

"저들이 본색을 드러낼 때까지 기다려야 했소."

뒤이어 황보제근과 제갈위가 나섰다.

"나 황보제근은 악 가주와 함께하겠소."

"그대들은 혈교와 결탁하지 말았어야 했소. 이 싸움은 명분이 없소."

악가를 중심으로 오대세가의 수장이 모두 집결한 것이다.

그러자 화산파의 정진 역시도 오대세가에 합류했다.

"그대들은 구파일방의 수치요."

이제 남은 인물은 청성파 장문인 왕정과 종남파 장문인 상경뿐.

달천이 노한 눈빛으로 일갈했다.

"장문인! 그 원죄를 어찌하여 감당하려 하는가!"

갑자기 뒤집힌 판세.

유덕천은 내심 당혹스러웠다.

'이럴 줄 알고 오대세가를 붙잡아 둔 것이거늘……!'

유덕천의 눈빛이 자연히 뇌공을 쥔 악정호에게로 향했다.

'기어코 악가가 사달을 내는구나. 그리고 정말 놈의 말이 맞다면…… 더 이상 방법은 없다. 이곳에서 끝을 내야만 한다.'

유덕천이 결단을 내린 그때였다.

구구궁ー!

전각이 울리며 대전의 문이 부서졌다.

콰쾅!

박살 난 문 뒤로 천 명이 넘는 고수들이 대전 안으로 밀려들어 왔다.

다시 사기가 오른 유덕천이 소리쳤다.

"방장의 목은 빈도가 맡겠소. 나머지는 그대들이 맡으시오. 이렇게 된 이상 놈들을 모두 제거해야 하오!"

물러날 곳이 없어진 각 파의 수장들이 조용히 고개를 끄덕인 그때.

악정호의 입가에 희미한 미소가 스쳐지나갔다.

"아직 끝이 아니다."

"뭐라?"

무슨 뜻인지 이해 못 한 유덕천이 눈살을 찌푸린 찰나.

동시에 밀려든 천여 명의 무인들이 웅성댔다.

그리고 후방의 무인들로부터 고함이 터져 나왔다.

"불이다!"

"건물이 무너지고 있다!"

불길이 사방으로 옮겨 붙은 건 그야말로 '찰나'였다.

화르륵!

유덕천은 그제야 깨달았다.

"설마 네놈들…… 기다리고 있었던 것이냐?"

악정호는 침묵으로 대답을 대신했다.

츠츠츠츠…….

보랏빛 마룡이 가부좌를 튼 야율초재의 몸을 타고 천천히 갈무리됐다.

"후우우우……."

깊은 심호흡과 함께 천천히 눈을 뜨기 시작한 야율초재의 눈동자에서 강렬한 광망이 스쳐 지나갔다.

"이놈…… 감히 아비를 거스르려 했더냐."

야율초재는 죽기 전 안배를 해 뒀다.

천하의 야욕을 고작 천휘성에게 떠밀리듯 포기할 수 없었다.

또 한 번의 목숨을 거듭하기 위해 건드린 것은 혈교 최후의 비술(祕術), 역천회회대법(逆天回回大法)

본래 마흔단을 흡수하기 위해서는 수천 사람의 피로 그려진 주술진 안에서 내단의 이전(移轉)이 이뤄져야 했다.

하지만 그 찰나의 순간.

야율초재는 목숨을 내놓지 않고 역천회회대법을 건 것이다.

그건 천하를 향한 집념이었고, 집착이었다.

자칫 영혼이 소멸되고 야율광마저 폐인이 될 수 있는 위험한 대법이었던 것이다.

결국 야율초재는 기어코 야율광의 영혼을 누르고 몸을 차지했고, 오랜 시간의 폐관까지 거치며 마혼단마저 야율광의 몸 안에 완벽하게 자리 잡게 했다.

그런데.

'하필……'

천휘성을 상대하던 때에 야율광의 영혼이 발악을 했다.

아직 완벽히 소멸시키지 못한 야율광의 영혼이 다시 육신을 차지하기 위해 덤벼든 것이다.

"운이 좋았구나, 천휘성."

야율초재는 끝까지 저항했던 악운의 얼굴을 떠올렸다.

흥미로운 일이다.

천휘성 역시도 악운이란 이름으로 새로운 삶을 살고 있을 줄이야.

'하나 두 번의 요행은 없을 것이야..'

이번 일로 인해 야율광의 영혼은 전보다 훨씬 크게 힘을 잃었고, 영혼의 활력도 희미해졌다.

"차라리 소멸되면 좋으련만……. 귀찮게 구는구나, 아들아."

그건 역천회회대법의 한계였다.

제아무리 강한 영혼이 육신을 차지할지라도, 본래 영혼을 소멸시키는 데에는 오랜 시간이 걸렸다.

하지만 위안 삼을 만한 일은 야율광의 영혼이 이번 일을 계기로 크게 힘을 잃었다는 일이었다.

아니, 웅크린 채 소멸되어 가리라.

"그저 세상사가 만든 천륜(天倫) 따위의 도리는 잊고 사라지거라. 너와 내가 원했던 천하는 결국 우리의 발밑에 놓일 테니. 너는 그러기 위해 태어난 것이야."

마치 육신 깊숙이 자리 잡은 야율광에게 말하듯 중얼거린 야율초재가 알몸인 채로 걸음을 옮겼다.

"다시 시작하자, 천휘성."

바깥으로 빠져나가는 야율초재의 눈빛에는 진한 흥분이 감돌아 있었다.

❧

'빌어먹을……'

선두에 있던 장취봉은 사방에서 피어오르는 불길을 보며 이를 악물었다.

대치된 상황을 마주하고 나니 누가 전각에 불을 질렀는지 확실히 이해가 됐다.

'오대세가 놈들이 약조를 깼구나!'

그사이에도 불길은 빠르게 천장까지 번져서 지붕 일부가 바닥으로 추락했다.

장취봉이 검을 휘둘러 머리 위로 떨어진 지붕 파편을 걷어

냈다.

쿠아앙!

하지만 점점 매캐한 연기가 사방에 들어차서 호흡이 어려워지고 있었다.

장취봉의 머릿속이 복잡해졌다.

'각 파의 수장을 제거하기도 전에 대전의 건축물이 무너지면 수많은 무인을 잃는다. 빠져나가야 해!'

때마침 설천마녀와 맹학, 야진이 선봉에 선 금정회의 곁에 섰다.

"머저리 같은 무당 놈들. 아직도 놈들을 죽이지 못한 것이냐!"

짐승 같은 맹학의 노성에 유덕천이 눈살을 찌푸렸다.

"짐승 같은 놈이 감히! 여기가 어느 안전이라고……!"

설천마녀가 달천을 노려보며 말했다.

"목적이 같으니 다퉈 봐야 소용없소. 우선 물러나야 하오. 저들도 불길을 피해 빠져나올 수밖에 없을 테니까. 계속 대치해 봐야 불길 속에 피해를 입는 건 우리 쪽이요!"

비타채의 채주 야진이 동조했다.

"냉정하게 살피시오. 궁주의 말이 맞소."

유덕천은 후퇴하여 달천의 곁에 자리 잡은 사대금강과 십팔나한, 그리고 오성단(汚星團)이라 불리는 방주 친위대를 노려보았다.

'놈들이 피해 없이 후퇴한 바람에 우리 전력만 애꿎게 피해를 입어 상대적으로 약세가 되었다. 소림, 개방의 정예 전력에 이어 각 파 수장까지……. 놈들을 제거하는 것보다 전각이 전소되는 속도가 더 빠를 터…….'

유덕천은 어쩔 수 없이 검을 거뒀다.

"무당의 제자들은 지금 당장, 태양전을 빠져나가라! 빠져나간 후에 재정비를 갖춘다! 서둘러라!"

아미, 공동, 점창의 장문인들 역시 유덕천과 함께 줄줄이 퇴각을 명했고 혈교 외원 세력 또한 태양전 밖으로 탈출했다.

그사이 유덕천을 비롯한 각 장문인들과 혈교 외원의 수장들은 끝까지 달천을 비롯해 나머지 수장들을 경계했다.

쾅! 쾅!

갈수록 천장은 더 크게 무너져 내렸으며, 천장과 벽에 자리 잡았던 암석들과 조각품들이 달천과 유덕천 사이로 떨어지며 층층이 쌓여 갔다.

유덕천은 그제야 활로를 향해 몸을 날리며 소리쳤다.

"차라리 빠져나오지 마시오, 방장. 방장만 입적한다면 더이상 천하가 도탄에 빠질 일은 없을 게요!"

쩌렁쩌렁한 유덕천의 일갈과 함께 태양전의 천장이 앞전보다 훨씬 크게 무너져 내렸다.

쿠쿠쿠쿵!

알하가 불길 속에서 아른거리기 시작한 그림자를 향해 소리쳤다.

"악로일당과 삼당은 일제히 활시위를 당겨라!"

노르가 활시위를 당기며 소리쳤다.

"당겨! 모두 당겨라!"

백여 명에 달하는 악로당이 일제히 활시위를 당겼다.

활시위를 당긴 건 악로당뿐이 아니었다.

제갈세가의 여호탁이 호응했다.

"백란선풍회(白鸞仙風會)여, 제갈가의 영광을 위해 적에게 활을 겨누라!"

마침내 활시위가 마치 끊어질 것처럼 팽팽하게 당겨진 그때.

알하가 일갈을 터트렸다.

"쏴라!"

"쏴라!"

악가와 제갈세가의 연합이 이뤄 낸 합공은 불길을 피해 뛰쳐나오는 적들을 순식간에 고슴도치로 만들었다.

쐐애애액!

후두둑!

사아아악!

"커흡!"

"크악!"

"화살이다! 화살을 피해!"

밖으로 뛰쳐나오던 혈교의 마인들 대부분은 병장기를 휘두르지도 못한 채 날아온 화살에 맞아 나뒹굴거나 즉사했다.

달려 나오던 마인들이 추풍낙엽처럼 쓰러져 나가자, 집단전에 특화되어 있는 비타채가 움직였다.

"방익진(防翼陣)을 펼쳐라! 머저리 같은 것들! 본 채 뒤에 서거라!"

변황사괴(邊荒四怪)를 따라 삽시간에 결집한 비타채가 몸을 낮추고 둥근 방패를 들었다.

"모두 빠져나올 때까지 천천히 진군하라!"

마치 새가 날개를 펼친 진형.

퍼퍼펑! 타타탁!

기가 실린 방패로 날아오는 화살들을 막아 내기 시작하자, 혈교의 사기가 다시 올랐다.

"아직 끝이 아니니라!"

동시에 하북팽가와 황보세가가 돌진했다.

팽홍이 벽력패왕로를 이끌고 적의 좌익으로 달렸고, 황보세명과 황보연이 뇌후대를 이끌고 우익을 향해 쇄도했다.

쿠아앙! 콰쾅!

마치 벽력같은 소리를 내며 날아간 팽홍의 대도(大刀)가 단숨에 세 명의 방패를 부수며 목을 갈랐다.

팽홍의 위세에 기겁한 변황사괴가 황급히 합공해 왔다.

"정파의 졸개 같으니!"

"놈을 죽이자!"

그러자 그 흐름을 끊은 건 좌익에서 밀려든 황보세가였다.

"우리가 돕겠소!"

"여기도 있어요!"

콰지짓!

태산십팔반검(泰山十八反劍)의 묘리를 담은 황보세명의 검끝이 강렬한 검광을 일으키며 변황사괴의 진로를 방해했다.

합공으로 유명한 변황사괴가 방해를 받아 흔들린 사이, 황보연의 공명쾌활검(公明快闊劍)이 깊은 호흡을 담아 변황사괴를 노렸다.

쩌어억!

공간마저 가를 것 같은 참격에 변황사괴의 진형이 흔들렸다.

"이런!"

변황사괴가 흔들리자 뇌후대와 벽력패왕로의 고수들이 일제히 목소리를 드높였다.

"놈들이 흔들린다! 진형을 무너트려라!"

"방패를 부숴라!"

적들의 전세가 위태롭던 그때였다.

콰콰콰쾅!

불타오르는 벽을 부수고 불에 그을린 흑갑(黑鉀)의 괴수들이 나타났다.

단숨에 짓쳐든 세 명이 괴수들은 날아온 팽가의 도들을 튕겨 내고, 팽가 무인의 머리와 허리를 커다란 손으로 붙잡아 내리찍고 밟았다.

야수삼왕(野獸三王)의 등장이었다.

"으하하! 이 쓰레기 같은 정파의 졸개들 따위가 감히 버릇도 없이 기어오르는구나!"

"모두 씹고 뜯고 삼켜라! 놈들의 뛰는 심장이 너희들의 영혼을 강하게 만들 것이다!"

"죽여라!"

짐승 가죽을 뒤집어쓴 남월야수문의 고수들이 광기에 휩싸인 채 팽가의 가솔을 향해 맹수처럼 달려들었다.

콰악! 콰악!

남월 특유의 강신술은 광기를 통해 그들을 고통도 느끼지 않는 괴물로 만들었고, 더 큰 힘을 내게 했다.

그 순간.

번쩍!

강렬한 뇌광(雷光)이 남월야수문의 문도들의 목을 단번에 갈랐다.

피익!

너무 빠르고 강력한 검세에 고통도, 괴성도 없었다.

남궁세가의 창천귀로(蒼天鬼路)였다.

유 대주가 단번에 두 명의 목을 베어 버리고, 야수삼왕을 향해 다가갔다.

"오냐, 소리 지르고 포악해져 봐라. 그래 봤자 목이 베이면 입도 뻥긋 못할 것이야, 짐승 새끼들아."

"유 대주를 따르라!"

대영당의 종명이 그 곁에 합세하자, 벽오자가 비류천보(飛流天步)를 펼치며 야수삼왕에 합세했다.

"건복궁의 제자들은 금수만도 못한 것들을 베어라!"

강직하면서도 사나워서 남궁가와 닮아 있는 듯한 청성의 검들은 남월의 야수들을 벼락같이 섬멸했다.

뒤늦게 활을 거두고 합류한 제갈가의 여호탁이 소리쳤다.

"쐐기를 박아야 한다. 모두 남극노인성의 수인을 맺어 활진도(活眞道)를 펼쳐라! 적의 사기(邪氣)를 몰아내고 신성한 활력을 일으켜라!"

그러자 주술에 능한 제갈세가의 일부 가솔들이 일제히 부적을 날리며 새하얀 서기를 일으켰다.

번쩍!

부적들은 마치 살아 있는 것처럼 허공을 날아 힘이 빠진 오대세가 가솔들의 신체에 붙었다.

사사삭!

부적이 붙은 가솔들의 기운들이 실처럼 희미하게 연결되었다.

츠츠츳!

그 신성한 정기는 단숨에 아군의 활력을 일으켰고, 귀신의 강신술을 사용한 남월야수문의 힘을 빠지게 했다.

제갈세가가 자랑하는 주술절진 '태평활진도(太平活眞道)'였다.

단숨에 전황을 지배했던 야수삼왕마저도 남궁세가와 청성파의 협력에 제대로 맥을 못 췄다.

전황을 살핀 황보연은 희망이 차올랐다.

전세가 이쪽으로 기울고 있었다.

'해낼 수 있어.'

그녀가 확신에 찬 눈빛을 보인 그때였다.

"방심하였구나, 아이야."

그녀의 곁에는 어느새 새하얀 백발을 휘날리고 있는 여인이 오만한 눈빛으로 자리 잡고 있었다.

'어…… 언제?'

뒤늦게 상황을 눈치챈 황보세명이 일갈을 터트렸다.

"안 돼! 연아! 피하거라!"

"크흐흐! 누가 보내 준다더냐!"

한 명이 쓰러져서 세 명밖에 남지 않은 변황사괴는 황보세명의 진로를 가로막아 그녀에게 가지 못하게 했다.

'움직일 수가…… 없어.'

황보연 역시 황보세명의 외침을 들었지만 발걸음이 조금도 떨어지지 않았다.

저릿하게 만드는 냉기가 온몸을 옥죄고 있었던 것이다.

길게 자란 설천마녀의 손톱이 그녀의 흰 목덜미를 따라 내려갔다.

"탐스러운 목이야. 꺾기 좋겠구나."

그런데 잘게 떨리던 황보연의 몸이 갑작스럽게 진정되어 갔다.

그녀의 미묘한 변화를 느낀 설천마녀가 물었다.

"죽음을 받아들인 게냐?"

"아니, 살고 싶어졌어. 아주 많이…….”

그녀의 눈빛에 담긴 건 더 이상 두려움이 아닌 희망이었다.

그제야 기척을 느낀 설천마녀의 눈빛이 크게 흔들렸다.

"대체 언제부터…….”

다가온 기척조차 느끼지 못한 것에 경악한 설천마녀는 온몸의 솜털이 긴장감으로 곤두섰다.

처지가 바뀐 것이다.

"그 손 떼지."

"넌…… 누구…….”

동시에 반항할 틈도 없이 사내의 손을 떠나간 창이 설천마녀의 목을 댕강 베어 버렸다.

그녀의 목이 떨어졌다.

쿵!

눈으로 보고도 믿기 힘든 광경에 전황을 바꾸려 했던 북해
빙궁의 궁도들이 일제히 얼어붙어 버렸다.

이윽고 설천마녀의 피가 창신을 따라 흘러내리며, 창에 새
겨진 글자가 궁도들의 눈에 들어왔다.

주작(朱雀)이었다.

"구, 궁주님!"

"궁주님!"

설천마녀의 죽음을 본 백록오령의 눈동자에 경악과 살의
가 뒤섞였다.

"이노옴!"

백록오령이 흰 수염을 휘날리며 일제히 땅을 박찼다.

삽시간에 주변에 살얼음이 낄 만큼 강렬한 한기(寒氣)를 일
으킨 그들은 필사적으로 악운을 향해 쌍장을 뻗었다.

악운의 눈에 이채가 흘렀다.

"백명공(白明功)이라……."

백명공. 북해빙궁의 비전 강기공이다.

적중당하면 강렬한 한기가 온몸에 퍼지며, 오장육부가 얼
어붙는다.

구구구!

이어서 다섯 명의 장력이 변화를 일으켰다.

빙백천류장(氷白天流掌).

구혼빙력장(九魂氷力場).

다섯 기류가 휘몰아친 장력들이 하나의 거대한 회류(回流)가 되어 버려, 소용돌이처럼 악운을 둘러쳤다.

눈보라가 일으킨 역장 같았다.

쿠아아앙!

장영(掌影)이 지닌 한기의 여파는 가까이 다가설 수조차 없이 차갑고도 파괴적이었다.

역장이 닿는 땅에 살얼음이 낄 지경.

역장 안에 서 있는 악운이 위태롭게 보이는 건 당연했다.

그러나 역장 안의 사정은 겉보기와 달랐다.

백록오령은 악운을 향해 장력을 쏟아부을수록 점점 한기가 빠져나가는 것을 느꼈다.

'마…… 말도 안 돼! 어찌 이럴 수 있단 말인가!'

'점점 내공이 흐트러지고 있다!'

'빙공이 흡수되고 있는 것이 틀림없어!'

'기운을 거, 거둬들여야 한다!'

그러나 이미 그들이 일으킨 회류는 의지를 벗어난 지 오래였다.

구구구.

백록오령은 다급히 회류를 벗어나려 했지만, 오히려 그들이 일으켰던 회류가 그들을 가두는 역장이 되었다.

동시에 악운의 눈동자 위로 청염의 불길이 일렁였다.

"한빙장은 너희들의 전유물이 아니지."

온몸이 푸른 비늘로 뒤덮인 악운이 두 팔에서 빛나는 한빙
수룡환갑(寒氷水龍環鉀)을 교차하듯 들어올렸다.

그 힘은 해일을 얼려 버릴 만큼 강력한 한기(寒氣)를 일으
키며 빠른 속도로 백록오령의 회류를 흡수하여 지배했다.

츠츠츠츳!

더 이상 이곳은 백록오령의 역장이 아니었다.

수왕의 진전을 이은 악운의 역장이었다.

"도망치기엔 늦었어."

백록오령이 저항할 새도 없이 악운에게 이끌리듯 양손이
맞닿았다.

웅, 웅, 웅!

그 순간.

역장 안에 모아진 거대한 한기가 백록오령의 내부로 관통
하여 휩싸 안았다.

해룡단금(海龍段錦).

콰아아아!

잇달아 회류가 회오리치던 그대로 얼어붙었고, 백록오령
역시 한기를 견디지 못하고 새하얗게 얼어붙었다.

더 이상 반항도, 비명도 지르지 못하는 그들을 주작이 횡
으로 스쳐 갔다.

콰득! 콰쾅!

앞을 가로막았던 그들이 무너져 내리자 악운은 주작을 쥐고, 얼음벽이 된 회류 속을 걸어 나갔다.

그러자 얼어붙었던 회류가 다시 와르르 무너져 내리며, 백록오령의 시신 위를 뒤덮었다.

빙궁의 마인 중 한 명이 중얼거렸다.

"맙……소사."

난전이었던 장내가 삽시간에 고요해졌다.

설천마녀가 아무리 방심했다지만, 단 일격만으로 설천마녀의 목을 베어 버리는 것은 결코 현경에 이르지 않고서는 불가능한 일이었다.

아니, 장내에 있는 그 누구도 그리할 수 없었다.

경악스러운 상황의 연속에 잠깐 정적이 흘렀던 전장 위로 노르가 호탕한 웃음을 터트렸다.

"으하하! 소가주가 돌아오셨다! 두려워하는 놈들을 압살하라!"

"한 놈도 놓치지 말고 베어라!"

악로당이 기회를 놓치지 않고 일제히 기세를 올리자, 곁에 있던 고수들 역시 환호성을 터트렸다.

그 사이 악운은 황보연의 곁으로 훌쩍 날아오듯 착지했다.

"오랜만입니다. 공 소저…… 아니, 황보 소저."

"네…… 정말 오랜만이에요."

황보연의 눈빛이 크게 흔들렸다.

너무나 그리웠던 얼굴이다.

"이런 상황에 어울리진 않지만 잘 지내셨지요?"

그의 따뜻한 눈빛에 황보연은 배시시 웃었다.

"원하는 걸 이루고 있는 중이에요. 소가주는요?"

함께 길을 걸으며 나눴던 대화를 언급하는 그녀에게 악운
도 조용히 웃음을 지어 보였다.

그 어느 무인보다 당당해진 그녀의 모습이 누구보다 뿌듯
한 마음이었다.

"마찬가지입니다. 오늘 일이 꽤나 큰 변화가 될 것 같군요."

"미력하지만 곁을 지킬게요."

악운은 대답 대신 고개를 끄덕인 후 다시 자리를 벗어났다.

쿠쿠쿵.

때마침 완전히 붕괴되어 무너져 내린 태양전 부근에서 금
정회 수장들이 모습을 드러내고 있었다.

❧

"어찌…… 이런 일이……."

유덕천은 재가 묻은 수염을 손바닥으로 잡아 뜯듯 털어 내며 노여워했다.

전황은 예상과 달리 최악으로 치닫는 중이었다.

'눈치만 보던 종남, 청성이 모두 오대세가 놈들의 편에 섰구나!'

설상가상.

변황을 지배한 북해빙궁의 수장의 목이 떨어졌고, 그 휘하의 심복들이 흔적도 없이 조각났다.

천여 명이 넘었던 무인들이 삼분지 일은 줄어든 듯 보였다.

'전황을 바꿔야 하느니라.'

유덕천은 패색이 짙어진 전황을 응시하며, 수많은 시선이 몰려 있는 곳으로 눈을 돌렸다.

그 중심엔 '주작'이라는 창을 쥔 청년이 있었다.

얼굴선이 유려하고 눈썹이 짙은 잘생긴 청년.

유덕천은 단숨에 그가 누군지 알아봤다.

'산동악가의 소가주로구나.'

원룡회, 천룡채, 혈교 지부에 사천당가마저 봉가시킬 만큼 사상 초유의 일들을 벌여 놓은 신진 고수.

혈교는 분명 놈을 경계하고 있었다.

유덕천이 이를 악물었다.

악정호의 그 미묘한 웃음과 시기적절하게 태양전에 나타

난 악운까지…….

오대세가의 가문들이 갑자기 태도를 바꾼 것이 이제야 이해가 간다.

'이번에도 산동악가더냐.'

상념에 잠긴 사이.

불타는 태양전 계단을 향해 달려오는 악운이 남월야수문의 문주와 충돌에 이르렀다.

유덕천이 무당육현에게 일갈했다.

"내가 악운 저놈의 목을 베겠다."

수많은 이목이 모인 악운의 목을 베어야 전황의 흐름이 다시 바뀔 게 분명했다.

땅을 박찬 유덕천이 난전 속으로 뛰어들려던 그때였다.

발을 내딛던 유덕천이 서늘한 기운에 황급히 몸을 물렸다.

타닥—!

그 순간 불과 반보 앞에서 황금빛 서기가 스쳐 지나갔다.

사아악!

서기에 깃든 건 불가의 향기였다.

유덕천은 단숨에 지풍의 뿌리를 알아봤다.

'금강신지(金剛神指)?'

지풍은 어려운 기공이다.

내공 응축 등의 문제를 완벽히 제어해야 한다.

이 정도 수준으로 위협을 줄 만한 상대는…….

"어찌…… 벌써 그대가…….

놀랍게도 계단을 올라오고 있는 인물은 끝까지 무너지던 태양전에 남아 있던 금강호성(金剛護聖) 달천이었다.

"장문인, 어딜 그리 급하게 가시는가."

입고 있는 가사는 불에 그을린 흔적도 없이 깔끔했고, 눈빛에서 흐르는 정광마저도 그대로였다.

아니, 달천의 곁에 남아 있는 소림승과 개방도들도 피해 없이 말끔한 차림새였다.

깜짝 놀란 명룡진이 소리쳤다.

"장문인, 방장은 분명히 불에 휩싸여 있었잖소!"

아미파의 효명사태도 쉽게 놀라움을 감추지 못했다.

"대체, 어떻게…….

황시범이 서둘러 소리쳤다.

"이럴 때가 아니오. 저들이 피해 없이 무사히 빠져나왔다면 불리해지는 건 우리란 말이오!"

달천의 곁에 자리 잡은 건봉효가 용두타구봉을 고쳐 쥐며 말했다.

"이제야 후환이 두려운가? 어리석은 자들 같으니…….

유덕천이 깊게 가라앉은 눈빛으로 차분히 물었다.

"대체, 어떻게 된 것이냐…….

"방장 스님께서는 대답할 거 없소. 무당의 장문인은 내가 맡겠소이다. 감히…… 아들을 볼모로 겁박을 해?"

팽가의 가주 팽휘종이 앞으로 나서며 도를 겨눴다.

남궁문이 검을 뽑으며 그 곁에 섰다.

"합공하세. 서둘러 이 혼란을 끝내고 싶으니."

"남궁 선배의 말씀에 동감하오."

황보제근이 함께 나섰다.

뒤따라 제갈세가의 수장, 제갈위가 선명한 예기의 검을 뽑았다.

"효명 사태는 나와 화산의 정진 선배가 맡겠소."

"그럽시다."

"종남의 장문인 상경, 오늘 공동의 검을 꺾겠소이다."

왕정이 검을 뽑아 들어 명룡진을 겨눴다.

"그 전에 내가 공동의 수장을 베리다."

대세를 확실히 직감한 종남파와 청성파의 장문인들까지 합세하자, 점창 장문인인 황시범의 눈빛에 두려움이 깃들었다.

"이런……."

건봉효가 멈칫거리는 황시범에게 일갈했다.

"어딜 도망가려 하는가! 혈교와 결탁한 그대들의 죄는 더이상 좌시할 수 없을 만큼 쌓였거늘! 더는 천하의 그대들이 쉴 곳은 없으리라!"

이제껏 침묵하던 유덕천이 다시 한 번 일갈을 터트렸다.

"어떻게 된 것이냐 물었다!"

강렬한 사자후가 터져 나오며, 유덕천의 전신에서 폭발적인 기세가 끓어올랐다.

구아아앙!

현경을 앞둔 자의 위세에 팔우에 이른 고수들마저 멈칫했다.

하지만 그 중압감을 이겨 내며 목소리를 낸 한 사람이 있었다.

"나다."

수장들 사이에서 걸어 나온 악정호는 차분한 목소리를 냈다.

유덕천의 눈빛이 살의로 번뜩였다.

"결국…… 내 생각이 옳았구나. 악가, 네놈들이었어."

"태양전 부서진 벽화 안쪽에는 너희들이 모르는 것이 하나 있었다. 지하로 통하는 활로가 감춰져 있었지. 그 활로는 맹호장 옆, 심정각(心正閣)으로 이어져 있었다. 태양무신의 유산만 취하려 했던 그대들에게는 딱히 관심도 없을 통로였지."

악정호는 담담히 말을 이어 가며, 호사량을 통해 악운에게 들은 이야기들을 떠올렸다.

―놀라지 마십시오, 가주님.

―무엇이길래 그러시오?

―태양전에 부서진 벽화 뒤에는 숨겨진 비밀 통로가 있다

고 합니다.

　-벽화 뒤에 태양무신의 유산을 위한 커다란 비밀 공간이 있었다는 건 강호인이라면 누구나 알고 있는 것이지 않소?

　-그런 단순한 것이 아닙니다. 소가주는 태양무신이 숨겨 놓은 비밀 통로를 제게 일러주었습니다.

　-벽화 뒤의 공간 말고, 그 안에 또 다른 비밀 통로가 또 하나 있다는 소리요?

　-예, 아직 세간에 알려지지 않은 비밀 통로이며 아무도 궁금해하지 않았을 통로일 거라고 하더군요.

　-어째서……?

　-태양무신은 이미 모든 유산을 벽화 뒤에 남겨 놨으니, 욕심에 눈이 먼 자들은 굳이 그 안을 더 살펴볼 생각을 못 했을 거라고 하더군요. 그러니 가주님, 불이 나기 시작하면 그곳을 통해 빠져나오십시오.

　-설명이 필요할 터인데?

　-선대 가주께서 일러 주신 통로라 하시면 되리라 얘기하더군요. 태양무신께서 조부님을 누구보다 아끼셨다고 가주님께 들었다며…….

　-그래, 그러셨지.

　-그리고 마지막으로 전해 드릴 것이 하나 더 있습니다.

'아들, 늘 아비의 곁을 지켜 주는구나.'

희미한 미소를 지은 악정호는 이내, 유덕천에게 뇌공을 겨눴다.

"이제 알겠는가?"

"믿을 수 없다. 천휘성은 이 전각을 좋아하지 않았어. 머무는 것조차 꺼렸지. 한데 언제 그따위 통로를……!"

악정호는 호사량이 전한 마지막 이야기를 떠올리며 대답했다.

"당시 살아 있었던 강호의 수많은 선배와 후배들이 비밀리에 지어 놓은 거라 하시더군, 태양무신이 위험할 것을 대비해서. 하나 이제 그분들은 돌아가시고 없지. 그분들이 지켜왔던 마지막 도의마저 뭉갠 것이 그대들이고……. 이제 알겠나?"

악정호가 모든 수장들의 선봉에 서며 사자후를 터트렸다.

"맹주님은 끝까지 우리 곁에 남아 계셨다!"

그 마지막 한마디에 오랜 세월, 천휘성의 유언을 지키지 못한 수많은 강호의 수장들이 일제히 숙연해졌다.

"커헉……."

맹학은 가슴을 꿰뚫은 주작을 내려다봤다.

그 어느 도검에도 깊이 뚫려 본 적 없는 금강불괴의 육신이었다.

남월맹호공(南越猛虎功).

오래 단련하면 피부는 범부에 비해 수십 배 두꺼워지고, 뼈는 굵어지며, 모든 기와 근육이 사혈을 뒤덮는다.

호신강기는 어땠는가.

남월야수문의 호신강기인 남월전신기(南越戰神氣)는 오래전 혈교의 교주마저 두려워했던 신공이었다.

그런데…… 놈의 창은 마치 무 자르듯 모든 것을 꿰뚫었다.

맹학은 맨손으로 주작을 움켜쥐더니 그대로 몸에서 뽑아냈다.

우드득!

강한 일격에 뼈까지 박살 난 몸이 엄청난 신력을 일으켰다.

"이대로…… 무너질 것 같으냐……!"

콰득!

동시에 맹학은 어금니 아래 감춰둔 독단을 씹어 삼켰다.

'비흡불멸신단(秘吸不滅神丹).'

남월은 야만성과 주술로만 유명한 곳이 아니었다.

사천당가에 영향을 줄 만큼 독에도 능했다.

콰아아아아!

창을 쥔 악운의 눈에 이채가 흘렀다.

'창이 밀려나고 있어.'

맹학의 힘만 있는 게 아니었다.

그의 근육과 피부가 빠른 속도로 재생되며, 주작의 창날을 밀어내고 있었다.

츠츠츠츠! 사아아악-!

잇달아 맹학의 전신에서 강렬한 독기(毒氣)가 아지랑이처럼 피어올랐다.

"크흐흐."

악운이 반보 물러나려던 찰나.

맹학의 솥뚜껑만 한 손이 주작을 놓지 않고 더 거세게 잡아당겼다.

타악!

악운의 머릿속에 지난 일이 스쳤다.

과거 천휘성의 삶을 살 당시 비슷한 것을 본 적 있었다.

'남월의 독은 한계 이상을 끌어냈었지.'

뛰어난 독을 지닌 그들은 독을 통해 인간의 한계를 끌어내는 비술을 연구해 왔다.

약이면서 동시에 독인 양날의 칼.

영혼의 근원인 선천진기에 수많은 독이 결합되어 육신이 소멸할 때까지 불멸의 힘을 주는 환단을 제조한 것이다.

"크흐흐, 이제 네놈의 창은 이 몸을 해할 수 없을 것이며 네 몸은 층층이 녹아내릴 것이니라."

맹학이 손에 쥔 창을 통해 악운을 가까이 잡아당기며, 반대편 손을 내뻗었다.

악운은 어쩔 수 없이 창을 포기하고 쌍장을 뻗었다.

"창을 잃은 네놈이 뭘 하겠느냐!"

야수진천장(野獸振天掌).

퍼어엉! 콰아앙!

제대로 적중한 야수진천장이 악운의 몸을 크게 흔들며 밀려나게 했다.

쾅!

맹학이 그 틈을 놓치지 않고 지축을 흔들며 땅을 박찼다.

콰콰콰콰!

수백의 장영이 악운을 두드렸다.

맹학은 좌우로 흔들리며 비틀거리는 악운을 보며 광소를 터트렸다.

"크으하하! 죽어라, 죽어!"

맹학은 승리를 확신했다.

비홉불멸신단은 동귀어진을 위한 마지막 한 수이자, 목숨을 건 수단이었다.

온몸의 충만한 힘과 독기(毒氣)가 파괴만을 위해 집중된다.

오로지 놈의 몸을 집어삼키기 위해.

들끓는 광기와 살의가 수많은 일장에 스며들었다.

츠츠츳!

강력한 일장에 담긴 독기가 그들의 기파가 닿는 모든 곳에

산성을 일으켰다.

맹학은 갈수록 악운의 살점과 피가 떨어져 나가는 것을 탐욕스럽게 상상했다.

툭-!

그런데 흩날리는 핏물이 보였다.

기파에 휘말려 떨어져 나간 살점과 핏물은 장영(掌影)이 많아지면 많아질수록 늘어났다.

비로소 맹학은 깨달았다.

당장 쓰러질 것처럼 위태롭게 휘청거리던 악운은 언재부터인가 물러나지 않고 모든 장영을 받아 내고 있다는 것을.

'이럴 리가…… 이럴 리가 없느니라!'

경악스럽게 눈을 부릅뜬 맹학에게 들어온 건 손끝부터 기괴하게 녹아내리고 있는 자신의 팔목이었다.

"커흡!"

절대로 멈출 것 같지 않던 진격이 흐트러지고, 맹학이 휘청거리며 검은 각혈을 토해 냈다.

"우에엑!"

그 순간에도 맹학의 눈에 들어온 악운은 오연하게 서 있었다.

츠츠츠.

악운은 양손에 반투명하게 서린 묵룡의 형상을 회수하며 맹학에게 말했다.

"이제 보이겠군. 누가 층층이 녹아내리고 있는지."

맹학이 실성한 듯 광소를 터트렸다.

"으하하하! 으하하하! 북해빙궁을 섬멸할 때부터 잔재주가 있는 것은 예상했다만……. 그래, 네놈에게는 창만 있는 게 아니었구나. 먹이사슬의 정점에 누가 있는지 끝까지 가려보자."

"아직도 믿는 게 있었나."

악운은 맹학의 비틀렸던 손이 빠르게 본래의 자리를 되찾으며 뜯겨 나갔던 살점 위로 새살이 돋는 것을 보았다.

마치 정말 불멸자라도 된 양 완벽한 재생이었다.

맹학이 악운을 비웃었다.

"네놈이 제아무리 나를 무너트리고, 베어도 이 몸은 죽지 않는다."

악운은 대답 대신 신형을 날렸다.

일보에 그가 이제껏 익혀 온 수많은 무공들이 조화되어 잔영도 남지 않는 광속(光束)이 일었다.

맹학은 의식조차 못 했는지, 느리게 눈동자를 굴릴 뿐.

'네놈이 계속, 재생한다면…….'

악운의 주작을 단창으로 분리하며 창끝에 묵룡의 의지를 담았다.

"짓밟아서 남김없이 찢어 주지. 그러니……."

현경에 오르며 일우(一宇)에 이른 악운은 만물을 이해하고,

그것에 녹아든 진정한 심의(心意)에 이르렀다.

그 힘으로 인해 파괴의 독기를 지닌 묵룡은 악운이 원하는 모든 병기를 통해 연결될 수 있게 됐다.

"버텨 봐."

화아아악!

악운이 무심한 눈빛으로 맹학의 전신을 사납게 난도질했다.

콰악, 콰악, 콰악!

수만의 창격이 연결되는 압도적인 기세는 맹학이 감히 두 팔을 들어 올릴 여유조차 주지 않았다.

툭, 툭, 툭.

맹학의 온몸에서 엄청난 피가 터져 나왔다.

낙인 같이 새겨지는 상처 위로 해일처럼 흘러들어 간 묵룡이 맹학의 몸에 남아 있는 독기를 아귀처럼 집어삼키고 파괴했다.

구아아앙!

만독화인의 경지에 이르러 천지멸화독, 명왕지독까지 모두 삼킨 묵룡의 독은 그 어느 독보다 강한 상위의 맹독이었다.

"끄아아아악!"

듣기만 해도 소름끼치는 비명이 맹학의 입에서 터져 나왔다.

악귀의
무신

콰드드득!

동시에 불멸이라 부를 만큼 넘치는 재생력과 활력을 지녔던 맹학의 몸이 모든 살가죽의 결을 따라 빠른 속도로 균열을 일으켰다.

뜯겨진 살가죽 위에서 뜨거운 피가 칠공에서 솟아오르고, 온몸의 뼈마디가 뒤틀렸다.

"사, 살려……."

가늠도, 상상도 못 했던 고통을 맞이한 맹학의 눈동자에 참담한 두려움이 실렸다.

"줘……."

악운이 창을 고쳐 쥐었다.

"네 불멸은 여기까지였나 보군."

승패는 정해졌다.

더 이상 시간을 끌 필요는 없었다.

맹학의 목 위로 장창으로 합쳐진 주작이 보이지도 않는 속도로 스쳐 지나갔다.

서걱!

무참히 스쳐 지나간 참격에 쓰러질 것 같지 않았던 칠 척 거구가 무릎을 꿇고 기울어 갔다.

쾅!

새외를 호령하던 남월야수문의 문주마저 악운 앞에 무너진 것이다.

기파에 의해 몰아쳤던 먼지 폭풍이 사그라들며 건재하게 서 있는 악운의 모습이 수많은 무인들의 눈에 들어왔다.

"처, 천개신룡(天開新龍)이 남월왕을 무너트렸다!"

"남월왕이 쓰러졌어!"

"소문이 사실이었어! 천개신룡이 단숨에 북해빙궁의 궁주와 남월왕을 무너트렸다!"

"무신(武神)이다! 무신이 우릴 지키고 있다!"

들불처럼 빠른 속도로 번져나가는 악운을 향한 기대감과 환호성은, 가뜩이나 쥐구멍에 몰린 금정회와 혈교 외원 세력을 더 빠른 속도로 무너지게 했다.

때마침 종남파의 진산이 유운당(流雲黨)의 제자들과 함께 야수삼왕의 목을 하나 베어 냈다.

"여기도, 남월의 짐승을 쓰러트렸다!"

이에 질세라 남궁세가와 청성파 역시도 나머지 야수삼왕을 쓰러트렸다.

모든 수장을 잃은 북해빙궁과 남월야수문의 무인들이 결집되지 못하고 쓰러지는 건 당연한 일이었다.

알하가 기회를 놓치지 않고 일갈을 터트렸다.

"뭣들 하느냐! 소가주께서 적도들의 수장을 모두 베셨다! 가문의 수호가 눈앞이다! 힘을 내라!"

"악가혼평진을 구축하라!"

"진형을 세워라!"

뒤이어 각 파에서 이름난 명진(名陣)이 사방에서 새외의 세력들을 분쇄했다.

악가혼평진, 태평진, 매화검진, 창천섬멸진, 황룡타구봉진, 십팔나한진, 중청검진 등 수많은 가문과 문파의 이름난 명진은 유구한 세월을 증명하듯 엄청난 위력과 결집력을 자랑했다.

합류한 후기지수들은 그 안에서 가문의 영광과 전통을 느꼈다.

모두가 하나의 대의를 위해 결집하고 화합하는 건 그들의 대(代)에서 처음 느끼는 영광스러운 장관이었다.

그 한가운데에서 남궁진이 거친 숨을 몰아쉬며 웃었다.

"이런 거였어……. 이것이 내가 꿈꿔 왔던 정파였다. 너희는 이해할 수 없겠지."

옳은 신념을 위해 언제든 목숨을 던질 수 있는 결의와 긍지!

남궁진은 그런 시대가 오길 너무나 기다렸다.

비타채의 채주, 야진이 거친 숨을 고르며 말했다.

"허상일 뿐이다. 잠깐은 그럴 수도 있겠지. 하나 언젠가 그런 시대는 무너지고, 각자의 이익을 위해 도생하는 것이 만연해질 뿐이니라. 이미 겪어 보았지 않으냐."

"다시 하면 돼. 다시 싸우면 된다. 멈춘 거라 인정하지 않으면, 다시 검을 쥐면 된다!"

남궁진이 소왕검을 다시 야진에게 겨눴다.

합류하자마자 충돌한 야진은 분명 강한 상대였다.

'변황삼십육검.'

기괴한 몸놀림 속에 담긴 예리한 움직임은 같은 화경에 이른 남궁진조차 당혹스럽게 했다.

하나 남궁진은 이곳에서 패배할 생각은 하지 않았다.

이겨 내야 했고, 넘어서야 했다.

"오늘, 정파는 재건되고 너희는 무너진다."

야진이 조소하며, 양손에 든 두 자루 곡도를 고쳐 쥐었다.

"그럴까?"

"그래! 반드시 그럴 것이다!"

남궁진의 눈빛에 뇌광(雷光)이 실리며 그의 시선이 계단을 박차는 악운의 뒷모습을 향했다.

새로운 시대가 성큼 다가왔음이 악운을 통해 보였다.

장취봉은 검에서 떨어지는 핏물을 털어 내며 정신없이 사방을 둘러보았다.

"커헉, 대사형……."

"크윽……!"

승리에 도취되었던 달콤한 말들은 더 이상 들려오지 않

왔다.

함께했던 제자들의 비명과 주검이 된 시체만이 장취봉의 눈에 속속들이 들어왔다.

'이럴 리가 없다. 대 무당이 이렇게 무너질 리가……'

장취봉의 눈이 혈안(血眼)이 되었다.

무당의 장문인이 되어 천하의 수좌 자리를 얻어 내는 꿈이 점점 신기루처럼 멀어져 갔다.

"크흐흐……"

미치기 직전의 낮은 웃음이 장취봉의 입에서 흘러나왔다.

그 순간.

타타타탁!

난전 속 어딘가에서 강렬한 기세가 느껴졌다.

장취봉은 반사적으로 송문고검을 뻗어 냈지만, 날아온 도격은 그보다 더 강한 힘으로 장취봉을 수 걸음이나 밀어 냈다.

"크윽……!"

온몸의 균형을 잃을 뻔한 장취봉이 얼굴을 일그러트린 그 때.

그의 앞으로 익숙한 얼굴이 들어왔다.

놀랍게도 장내에 나타난 것은 납치됐다던 팽락이었다.

"날 볼모로 잡아 가문을 협박한 것치고는 표정이 너무 안 좋군그래."

근처에 있던 하북팽가의 가솔들이 눈을 번쩍 떴다.

"공자가 돌아왔다!"

"무사히 귀환하셨어!"

동시에 팽락의 양옆으로 진풍도장과 백훈이 착지했다.

"자 이제 무사 귀환했으니 각자 목숨은 각자가 짊어지자고."

"동감이오."

백훈이 검을 쥐며 장취봉을 스쳐 갔다.

"선배님, 잘난 무당 장문인에게 가시지요. 길을 열겠습니다."

"그러세."

진풍도장의 노한 눈빛이 궁지에 몰린 금정회에게로 향했다.

하늘이 먹구름이 끼더니 활활 타고 있는 태양전 위로 비가 한 방울씩 떨어지기 시작했다.

툭. 후두둑. 솨아아아!

이내 굵어진 빗줄기는 소나기처럼 더욱 세게 내리며 솟아올랐던 불길을 뒤덮어 갔다.

그 앞에 서 있는 유덕천은 멀리서 다가오는 인물을 보며 피식 웃었다.

"……아직도 살아 있었던가, 진풍도장."

이어서 유덕천은 검을 늘어트린 채 대치되어 있는 세 사람을 응시했다.

하북신도 팽휘종, 창천왕 남궁문, 금강호성 달천까지.

하나같이 일세를 풍미한 자들이었다.

"팽 가주와 남궁 가주는 한 걸음 물러나시오. 그만하면 됐소."

이미 유덕천과 일차적인 공방전을 주고받은 세 사람 중 팽휘종은 도를 쥔 오른팔이 피범벅이 되어 있었다.

남궁문 또한 침음성을 흘렸다.

그도 검을 쥔 손이 잘게 떨리는 중이었다.

"이기어검을 완숙하게 사용하시는구려."

유덕천이 담담히 대답했다.

"나 역시 놀랐네. 남궁 가주, 실력이 많이 늘었군. 이기어검을 미숙하게나마 사용할 줄이야……. 그간 수련을 게을리하지 않았군그래."

오랜 세월 삼풍혜성(三豊慧聖)으로 군림해 온 무당의 장문인은 팔우 중 두 사람을 압도할 만큼 강했던 것이다.

유일하게 태연한 것은 달천뿐이었다.

"그대도 지쳐 있지 않는가."

"아직 멀쩡하오. 구파일방과 오대세가의 수장이 모두 모인 자리라…… 묫자리치고는 나쁘지 않겠구려. 저승길 동무로 소림 방장 정도면 무당의 저력을 보였다고 말할 수 있겠지."

남궁문이 고요한 눈빛으로 말했다.

"끝까지 지독한 자로군. 방장, 아직은 더 싸울 수 있소. 틈을 만들 테니 방장께서는……!"

"누가 틈을 준다 하던가?"

말을 잇던 남궁문의 앞으로 유덕천이 쇄도했다.

사아악!

삽시간에 밀려든 유덕천의 검세.

무당이 자랑하는 태극혜검의 절초였다.

천뢰보(天雷步)를 일으킨 남궁문은 새로운 한계를 벗겨 낸 제왕검형을 펼쳐 냈다.

'섬전(閃電)은 있으면서도 없는 것. 초식을 잊고, 한계를 잊으며, 무거우나 가벼워야 한다. 패력은 움켜쥐는 것이 아니라 스며드는 것이다. 패력을 이해하면 영혼이 강해지니라.'

악운과의 비무를 통해 얻은 깨달음은 오랜 세월 답보에 이르렀던 경지를 또 한 번 깨는 계기가 됐고, 남궁문은 이제 진정한 의미의 패력을 사용할 줄 알았다.

번쩍!

남궁문의 손을 떠난 검이 그의 의지를 담았다.

제왕검형(帝王劍形), 십일식(十一式) 무한뇌격(無限雷擊).

콰콰콰콰콰!

수천의 벼락이 남궁문의 검 끝에서 맺히는 듯한 착각이 일었다.

콰아아악! 콰아아!

하지만 강렬하게 밀려든 태극혜검의 검영들은 남궁문의 검영들을 끊임없이 휩쓸고 지웠다.

'조금만, 조금만 더 버티면 되거늘!'

남궁문은 멈추지 않고 밀려드는 막강한 검력(劍力)을 느꼈다.

쿠아앙!

유덕천의 태극혜검은 유선형의 태풍이었다.

모든 검세를 장악하고, 흡수하며, 다시 되돌려 냈다.

끊임없이 회전하는 태풍처럼 멈추지 않고 밀려드는 활력이 남궁문을 크게 흔들었다.

검을 쥔 손아귀가 끊어질 것처럼 고통스러워지던 찰나.

자애로운 기운이 태극혜검을 밀어냈다.

"달마삼검(達摩三劍)이라!"

달마삼검(達摩三劍).

소림의 조사 달마가 창안한 소림칠십이절예를 대표하는 강호 최강의 검공.

삼검을 이해하려면 백 년의 면벽으로도 부족하다 알려져 있었다.

사아아악!

공간을 가르는 상서로운 서기가 태극혜검에 갇힌 남궁문을 구해 냈다.

달천은 멈추지 않고 유덕천을 쫓아 검을 내뻗었다.

허공을 움켜쥔 듯한 손끝을 따라 달천의 검이 허공을 가로질렀다.

달마삼검(達摩三劍) 법인활불(法印活佛).

'진리의 요체는 어디에서도 찾을 수 없고, 어디에서나 찾을 수 있느니라. 움켜쥐지 않으면 움켜쥘 수 있으니, 검은 내 안에 있다.'

달천의 검 끝에 서린 소림의 검은 단숨에 태극혜검의 검초들을 지워 내며, 장중하며 지엄하게 사방을 메웠다.

끊임없이 변화하는 태극혜검과 흔들림도 없이 자리를 지키는 용호쌍박의 공수가 이어졌다.

달천의 볼 끝이 베이면, 유덕천이 손등도 베였다.

끝나지 않을 것 같던 공방전이 이어지던 찰나.

"쿨럭……!"

방장의 입에서 검은 각혈이 튀어나왔다.

"이것은…….."

검초를 잇는 유덕천의 입가에 회심의 미소가 흘렀다.

사희가 준 선물이었다.

-이걸 가져가시오, 장문인. 쓸데가 있을 게요.

─이게 뭐요.

─본 교에서 제작한 소량의 천지멸화독이오. 병기에 묻혀 사용한다면 상대를 흔들 수 있을 게요.

─내게 그따위 협잡을 논하는가.

─방장의 목을 쉽게 벨 수 있다면야 해볼 만한 가치가 있지 않소? 챙겨나 두시오. 쓰지는 않더라도 말이오.

달천의 눈썹이 꿈틀거렸다.

베인 가사 안쪽 살갗이 보랏빛으로 부풀어 오르고 있었다.

"방금 전의 그 일격이로군."

"쉬이 해독하기는 힘들게요. 해독을 위해 내공을 분산하더라도 나를 상대하기는 어려울 테지."

"어찌하여…… 이리도 타락했는가."

"무당은 무당의 길이 있었을 뿐이오. 길이 다르다 하여 빈도가 타락한 게요? 소림은…… 우리와 다르지 않소."

그 순간 진풍도장과 백훈이 방장을 지키며 도착했다.

"소림은 적어도 혈교와 손을 잡지는 않았지. 그대의 방법은 분명 잘못되었소."

"진풍……도장."

"억울하다 생각지는 마시오. 무당과 달리 곤륜은 수많은 영령이 희생되었음에도 끊임없이 천하를 위해 감시자 역할을 해 왔소. 그럼에도 천하의 탓을 하지 않았지. 곤륜의 도의라 믿었을 뿐."

"그 끝이 멸문이라 들었네만."

"설사 그럴지라도 곤륜은 끝난 것이 아니오. 곤륜을 잇는 자가 있는 한 역사가 기억하고, 천하가 기억하오. 곤륜의 뜻을 닮은 자가 한 사람이라도 있는 한…… 그가 곧 곤륜이오."

"이상적이군. 존경스러울 지경이야."

그 사이 백훈이 방장을 부축했다.

"방장 스님 괜찮으십니까."

"빈승은…… 괜찮소. 위험하니 비켜서시오. 지금의 장문 인은…… 강하고 위험하오."

"그래서 함께 왔습니다. 그만큼 강하고 위험한……."

동시에 방장은 자신의 앞에 육 척에 가까운 장신의 청년이 서 있는 것을 볼 수 있었다.

"그대는……."

백훈이 미소 지었다.

"제 주군입니다."

동시에 악운이 달천의 상처 부위를 향해 손을 뻗었다.

"실례하겠습니다."

그 순간.

놀랍게도 하얗게 질렸던 달천의 입술이 조금씩 제 색을 되찾아 갔다.

달천이 눈을 부릅떴다.

'독이…… 체외로 빠져나가고 있다. 흩어지는 것인가? 아니, 아니다.'

달천은 몸을 타고 흐르던 독들이 일제히 악운의 손바닥을 따라 흘러들어 가는 것을 보며 경악했다.

이런 신위는 달천 역시, 처음 보는 기사에 가까웠다.

지켜보던 유덕천도 눈을 부릅떴다.

'방장의 상세가 호전되고 있다. 막아야 해!'

유덕천의 검이 다시 움직였다.

번쩍!

전광석화처럼 백훈과 진풍도장을 스치고 쇄도한 진풍도장의 검이 달천의 목을 향해 나아간 찰나.

사아아악!

달천 앞으로 한 줄기 창격이 솟구쳤다.

쿠아앙!

강렬한 기파와 함께 부딪친 송문고검과 주작.

이기어검을 펼친 유덕천이 눈을 부릅떴다.

'내 검격을…… 막아 냈다고?'

악운의 손을 벗어난 주작은 유덕천의 검을 강하게 튕겨 내며 유덕천에게 돌려보냈다.

"태을(太乙)이라는 검명에 어울리지 않는 주인인 듯싶습니다."

담담한 악운의 음성과 달리 지켜보던 모든 고수들의 눈이 경악으로 물들었다.

눈앞에서 신위를 목격한 달천은 당연히 놀랐고.

'이 젊은 청년이…… 이기어창을……!'

팽휘종은 할 말을 잃었으며.

"허어……!"

"또 한 번…… 성장하였는가. 보고도 믿기지 않는군."

남궁문은 경외로움을 느꼈다.

이미 악운이 혈교 교주와 맞섰다는 이야기를 들은 진풍도장은 뿌듯한 미소를 머금었다.

"과연…….."

그 한가운데.

가장 현실을 받아들이기 힘든 건 유덕천이었다.

"이놈……!"

악운이 유덕천을 향해 걸음을 옮겼다.

"무당의 검은 제아무리 하수여도 넉 냥의 힘으로 천근의 힘을 낸다지요."

가까워지는 간격.

백훈이 고개를 갸웃거렸다.

"어째서…… 더 이상 움직임이 없는 거지?"

달천이 대신 입을 열었다.

"움직임을 주저하는 것이 아닐세."

"그게 무슨 말씀이십니까?"

"움직이지 못하는 것이야. 장담컨대 지금 그대의 주군은 빈승의 기습마저도 감당할 수 있는 여유가 있네. 적어도 빈 승에게는 그렇게 보이는군."

"아……."

백훈은 탄성을 질렀다.

같은 화경이어도 깨달음의 깊이는 천차만별이다.

특히 달천은 현경을 바라보는 수준이니, 백훈이 느끼지 못 하는 세계가 달천에게는 명료히 보이는 것이다.

꿀꺽.

백훈은 마른침을 삼키며 헛웃음을 지었다.

'오늘, 천하제일인이 바뀌는 거야? 그런 거야? 증명해 봐. 악운.'

백훈은 두근거리는 심장을 주체할 수가 없었다.

처음엔 악연으로 그칠 뻔했으나 이내 이어진 인연의 고리.

그 속에서 악운과 지나온 수많은 혈전(血戰)이 주마등처럼 스쳐 지나갔다.

복잡한 감정이 온몸을 감싸 안으며 환호성이 나올 만큼 소 름 끼치는 전율이 돋았다.

악운이 아님에도 악운이 된 것 같은 자부심과 고양감이 솟 아올랐다.

그 열기가 기어코, 입 밖으로 터져 나왔다.

백훈이 일갈했다.

"악가뇌명(岳家雷鳴)!"

"진천패림(振天覇林)!"

홀로 울려 퍼지는 백훈의 연호 속에 악운의 입가에 희미한 미소가 지어졌다.

"무당은 오늘부로 봉문입니다."

악운이 약조했다.

⁂

무림맹 총본산 부근.

개봉 분타주 황구는 낙양으로 진입하는 길목으로 말을 몰고 있었다.

선두에는 소의군개(燒義君丐) 홍정태와 그를 따르는 두 명의 장로가 있었다.

나 장로와 화 장로.

개방팔황의 두 사람은 곁에서 홍정태를 호위하고 있었고, 그들의 뒤쪽에는 홍정태의 친위대인 소의방(燒義房)의 방도와 개봉에 속한 방도들이 줄지어 진군하고 있었다.

숫자만 사백여 명.

혹여나 낙양 도심으로 탈출하려는 자들을 미연에 방지하기 위해 낙양까지 진군한 것이다.

"으하하! 이대로라면 방주 자리가 금세 소방주께 돌아올 것이오!"

"소림은 시작일 뿐일 테지!"

저 멀리 피어오르는 화마의 연기를 보며 나 장로와 화 장로가 확신 섞인 웃음을 터트렸다.

"아직 방심할 때가 아니외다. 경계를 늦추지 말고 지원군을 보내려는 전서구나 인편을 미연에 정리해야 하오. 도심을 쥐새끼 한 마리 빠져나가지 못하게 모두 막아야 한단 뜻이오."

"여부가 있겠소!"

"방주가 되실 분의 하명이니 응당 지켜야지! 으하하!"

그렇게 호젓한 오솔길을 지나 드넓은 관도로 이른 그때.

홍정태의 눈썹이 꿈틀거렸다.

"저건…… 뭐지?"

도심 관도로 이어진 여러 갈래의 관도에서 기마들이 달려오는 진동이 지축을 울려 갔다.

두두두두.

머지않아 그들의 시야까지 들어온 두 개 대대의 기마대는 먼지바람을 일으키면서 북쪽과 서쪽에서 몰려왔다.

"저 깃발은……?"

화 장로가 굳어진 표정으로 말머리를 돌렸다.

"서쪽은 모용세가요."

홍정태가 황급히 물었다.

"북쪽은?"

"북쪽은…… 빌어먹을!"

나 장로가 당혹스러운 표정으로 뒷말을 덧붙였다.

"소림이외다. 소림의 백팔나한승들이 오고 있소."

"이게 어떻게 된 일이란 말이오! 어디에도 새어 나가지 않게 완벽히 보안을 갖춘 일이거늘!"

그 순간 황구의 눈빛이 사납게 번뜩였다.

"……머저리 같은 것들."

깜짝 놀란 홍정태가 말머리를 돌리며 눈을 부릅떴다.

"분타주! 지금 내게 말한 것인가?"

"그래, 네놈에게 말했느니라. 소림의 심장부에서 지근거리에 있는 개봉에, 설마 그저 그런 분타주를 세워 놨겠느냐? 이제 내 신분을 밝히지."

황구가 품속에서 호패를 홍정태에게 집어던지며 일갈했다.

"방주님에게만 특별 임명되는 육결 법개(法玑) 중 한 사람이자, 개방 감찰단 단주를 맡고 있는 황구이니라. 네놈들 생각만큼 개방은 마냥 썩지 않았다. 쓰레기 같은 것들, 너희는 개방의 율법에 따라……."

황구가 봉을 집어 들며 말했다.

"사형이다."

악가의 무신

이끌림

건봉효는 눈을 빛냈다.

'지금쯤 잘해 내고 있겠군.'

개봉에 심어 놓은 법개, 황구는 오랜 세월 전대 방주와 개방에 충성해 온 인재였다.

권력에 눈이 먼 우둔한 홍정태가 하필 건봉효가 누구보다 믿는 법개를 건드린 것이다.

그래서 건봉효는 방장에게 이 사실을 알리고 백팔나한을 움직여 달라 청했다.

'사실 일이 이렇게까지 될 줄은 예상치 못했지만…….'

금정회가 오대세가를 이용해 혈교의 졸개들을 수송하는 것은 알아냈지만, 이렇게 대규모 연합일 줄은 예상하지 못했다.

금정회가 적어도 정파로서의 위신은 지키리라 생각했던 것이다.

하지만 아니었다.

무당을 비롯한 금정회는 기어코 혈교와의 결탁을 외부로 드러내었고, 소림과 개방만을 제거하기 위해 오대세가를 겁박했다.

'만약 악가에서 움직여 주지 않았다면…… 백팔나한이 뒤늦게 도착했더라도 다른 문파들의 혼란 속에 나와 방장은 죽음을 맞이했을 터. 구파일방과 오대세가는 결집되지 못하고, 금정회의 무리가 맹을 재건했을 게야.'

생각만 해도 아찔했지만 건봉효는 믿음직한 눈빛으로 저 멀리서 무당파 장문인을 막고 선 악운을 응시했다.

"과연…… 내 조카사위야."

때마침 현비가 건봉효의 곁으로 다가오며 소리쳤다.

"숙부! 괜찮아요?"

"오냐. 이걸 보고도 물어보냐."

건봉효는 피식 웃으며 쓰러져 있는 점창 장문인 황시범을 내려다봤다.

피투성이가 된 황시범의 주변에는 황보제근이 지친 기색으로 건봉효를 돌아보고 있었다.

황시범은 이 싸움으로 단전을 비롯해 눈과 귀를 모두 잃었다.

"전황은 이미 기울었으니 너무 염려 말거라."

"아직 끝난 건 아니에요."

"아니. 끝났다."

아미파의 효명사태는 정진 장문인과 제갈위, 악정호에 의해 혈인(血人)이 된 지 오래.

공동파의 명룡진 역시 왕정과 상경 그리고 화산파 청명 진인에 의해 다리와 팔이 한 짝씩 잘린 채 울부짖고 있었다.

하지만 무엇보다도 확신할 수 있는 이유는 변수가 될 유일한 요소인 무당파 장문인이 악운에 의해 완벽히 봉쇄됐다는 부분이었다.

❧

육미린이 발작적으로 소리쳤다.

"다가오는 자부터 죽일 것이야!"

효명사태가 아끼는 진산제자인 자명신니(紫明新尼) 육미린은 주변을 둘러싼 후기지수들을 위협하듯 검을 획획 휘둘렀다.

"너희의 야망이 전부 끝나 버렸음을 아직도 모르겠느냐!"

팽락이 손에 든 장취봉의 머리를 그녀의 앞에 집어던졌다.

데구르르.

'자, 장 진인…….'

무당신룡으로 불리던 사내의 처참한 말로에 봉두난발이 된 육미린의 표정이 새하얗게 질려 버렸다.

제갈지평이 검을 겨누며 말했다.

"검을 내려 두고 투항하시오."

육미린의 입술이 비틀렸다.

"투항하면? 그대들이 나를 풀어줄 건가요?"

"그건…….""

말을 잇지 못하는 제갈지평 대신 제갈민이 말했다.

"그러지 않을 거예요. 맹의 엄중한 계율에 따라 벌이 정해질 테고 맹의 뇌옥에 갇혀 있으면서 많은 고초를 겪게 되겠죠. 이런 일을 벌인 만큼 그 책임도 감당해야 할 거예요."

육미린의 눈빛이 서늘해졌다.

"차라리 달콤한 말보다 훨씬 낫군요."

잠시 말을 멈춘 그녀는 서서히 비가 그쳐 가는 하늘을 바라봤다.

자신은 죽음을 앞두었지만, 하늘은 애꿎게도 점점 해가 드러나며 맑아지고 있었다.

육미린은 쓰게 웃었다.

아미가 찬란하게 빛나는 영광에 있을 때 그 정점에 오르고 싶었다.

그 끝이 이리도 허무하게 끝나 버릴 줄은 예상도 못 했다.

"아미타불……."

육미린의 염주가 끊어지며 그녀의 목 줄기로 아미파의 검이 박혔다.

푸욱!

그녀가 택한 건 결국 자결이었다.

제갈지평과 팽락은 눈살을 찌푸렸고 제갈민은 그녀의 손목에서 떨어져 나간 피 묻은 염주 알들을 내려다봤다.

"극락왕생하시길."

제갈민이 합장했다.

끝나지 않을 것 같던 난전이 정리되어 가고 있었다.

마지막 일전만이 남겨진 채로.

⚘

팽휘종이 말했다.

"도와야 하는 것 아니오?"

하나 달천은 곁으로 다가선 수많은 고수들에게 말했다.

"나서지 말게. 악 소협이면 충분하네."

악정호가 장내에 합류하며 달천의 말에 동의했다.

"방장 말씀이 맞소. 지켜봐 주시오. 내 아들은…… 이미 혈교 교주의 습격에도 살아남았소."

곁에 서 있는 수많은 고수들이 눈을 번쩍 떴다.

그건 경악을 넘어선 경외였다.

"교주?"

"지금 뭐라 했소?"

악정호가 수많은 시선을 한 몸에 받으며 힘주어 말했다.

"말 그대로요. 운이는 이 자리에 있는 그 누구보다 무당파 장문인을 쓰러트릴 자격이 있소."

"가주의 말이 맞소."

천하제일인에 가장 가까운 달천의 동의에 장내에 모인 수많은 고수들은 일제히 침묵했다.

❧

악운은 주작을 쥔 채 조용히 유덕천과 대치해 있었다.

두 사람의 싸움은 격렬하지 않았다.

그저 서로를 응시한 채 우두커니 서 있을 뿐이었다.

하나 그들의 일전은 이미 시작됐다.

그저 몸 바깥으로 흐르는 기류(氣流)만으로 상대와 부딪치는 영혼의 싸움이었다.

그러나 시간이 흐를수록 땀에 절기 시작한 건 유덕천뿐이었다.

악운이 눈을 반개했다.

"여기까지. 예우는 충분히 해 드린 것 같소."

덜덜.

유덕천은 대답하지 않고 검을 움켜쥐었다.

결코 믿을 수 없었다.

약관도 채 되지 않은 애송이가 오랜 시간 그토록 꿈꿔 왔던 경지에 이른 것도 모자라, 닿지 못하리라는 기분마저 들게 만들었다는 것을 받아들이고 싶지 않았다.

오래 전 비슷한 경험을 한 적이 있다.

살아 있는 태산(泰山)이라 느낄 만큼 위대했던 존재.

태양무신, 천휘성.

곁에 서면 작아지는 것이 싫어 열등감마저 품었다.

그런데.

그 오래전 해묵은 감정이, 악운을 마주본 순간 다시 생생히 떠올랐다.

'우습구나. 우스워.'

유덕천은 두려운 직감을 무시하고, 오로지 검에만 의지했다.

직접 확인하고 넘어서야만 했다.

악운은 태양무신이 아니었다.

타닥-!

내딛는 발걸음에 무당의 현묘한 묘리가 깃들고, 뻗어 내는 검격에 유덕천이 오랜 세월 쌓아온 태극혜검의 정수가 휘몰아쳐 나아갔다.

전력을 다한 태극혜검이었다.

사아아악!

서 있던 악운의 잔영이 흩어졌다.

번쩍!

악운의 신형이 다시 나타났을 때, 악운의 몸은 이미 유덕천을 지나쳐 그의 등 뒤에 도달해 있었다.

동시에 유덕천의 눈빛이 번뜩였다.

'방금 그…… 것은…….'

유덕천은 찰나의 순간 악운의 창을 통해 느꼈다.

태극혜검의 정점에 이르러야만 가능한 현상을.

오래 전 사부의 말이 스쳐 갔다.

　-장삼봉 조사께서는 말씀하셨다. 태극혜검의 끝에 이르면 공간을 굽힐 검에 이를 것이라고. 만물의 이치를 관통하는 검에 이르러야 가능할 테지. 그것은…… 만물의 근원에 닿아야만 하느니라.

"무학으로 만물을 관통했는가……."

떨어트린 유덕천의 눈동자에 들어온 건, 오로지 기(氣)와 의지로 빚어진 창이었다.

그 창이 가슴을 꿰뚫은 후에 사라져 가고 있었다.

"……."

유덕천마저도 심창(心槍)의 경지를 넘어서진 못한 것이다.

유덕천의 눈빛이 쓸쓸해졌다.

"내 검은…… 여기까지로군. 이제…… 무엇을 하려는가?"

회광반조에 이른 유덕천의 유언 같은 질문에 악운이 담담히 대답했다.

"끝을 낼 것이오, 후대에 이 싸움이 전해지지 않게."

"빈도보다 낫군. 빈도보다 나아……. 허허…….."

죽음에 이르러서야 유덕천은 스스로 멈출 수 없던 야망이 가라앉아 가는 것을 느꼈다.

평온했다.

쿵.

무당의 마지막 검이 꺾였다.

와아아아아!

때마침 먼지구름이 일며 백팔나한과 모용세가 개방의 방도들이 달려왔고, 태양전 앞에 모인 수많은 고수들이 일제히 환호성을 질렀다.

역사에 길이 남을, 믿기 힘든 승리였다.

귀가 찢어질 것 같은 안도와 기쁨의 환호성 속에 악운은 눈을 감지 못하고 죽은 유덕천의 눈을 대신 감겨 주었다.

죄책감이나 연민 같은 건 아니었다.

강호는 칼로 어떤 선택을 하느냐에 따라 목숨으로 온전히 그 모든 책임을 져야 한다.

유덕천과 무당은 그저 책임을 졌을 뿐이다.

한때의 천휘성처럼.

그렇기에 그를 쓰러트린 것에 후회는 없었다.

잠깐 감상에 젖었을 뿐이었다.

다시 강호에 돌아와 악가를 재건한 후부터 마침내 구파일방과 오대세가를 맹(盟)의 재건을 위해 불러들인 지금의 일전까지…….

그리고 이제 강호는 태양무신이 아닌 악운을 부르짖고 있었다.

누군가 소리쳤다.

"무당의 장문인을 무너트린 개천무신(開天武神)이다!"

"이성(二聖)의 아성을 넘었어!"

"개천무신, 악운! 산동악가에 천하제일인이 나왔다!"

말릴 새도 없이 퍼져나가는 환호와 고함 속에 악운은 유덕천에게서 손을 떼고, 다가오는 달천을 맞이했다.

"소가주, 자네의 탓이 아닐세. 탓을 하려거든 빈승을 탓하고, 여기 모인 선배를 원망하게나. 소가주는 그럴 자격이 있다네."

악운은 말없이 우두커니 서서 악정호와 눈을 마주쳤다.

악정호의 눈빛은 이곳에 모인 그 어떤 경외 섞인 눈빛보다도 악운의 마음에 깊게 와닿았다.

"삶이…… 뜻대로 되지 않음을 압니다. 수많은 사람의 삶이 모인 곳이 맹(盟)이지요. 때론 틀릴 수도 비겁할 수도 있습니다."

악운의 눈에 호흡을 가다듬고 있는 청명이 눈에 들어왔다.

'청명…… 많이 늙었구나……. 그리고 많이 변했어.'

청명의 눈에서 느껴지는 정광은 초연했으며, 단단했다.

이제야말로 청명은 화산을 떠날 만큼 후련하리라.

악운이 다시 달천을 응시했다.

"하지만 그 모든 시행착오가 큰 걸음이 될 것을 압니다. 느낀 만큼 바뀐다면 지금의 아픔과 고통이 더 나은 대의를 통해 선한 영향력을 전파하리라 봅니다. 그것이…… 천 맹주께서 남기신 진심이 아니었을까요."

달천이 침음을 삼켰다.

"천 선배의 진심이라……."

"맹은 재건되고, 혈교의 잔재를 수습하기 위한 임시 조사단이 결성되면 더 나은 미래가 열릴 겁니다."

팽휘종이 노성을 터트렸다.

"그 전에 지금이라도 혈교의 비처를 향해 모두 진격하는 것이 어떻소?"

악운이 팽휘종의 말에 반대했다.

"그럴 필요는 없다고 생각합니다."

악운의 단호한 거부에 팽휘종이 눈살을 찌푸렸다.

"어째서?"

반문하는 그에게 악운이 담담히 말을 이었다.

"그는…… 우리가 가지 않아도 스스로 올 것입니다. 끝끝내 싸워서 자멸하더라도 파괴하는 것이 그가 사는 유일한 이유일 테니까요. 적어도 제가 마주한 교주는 그랬습니다."

"그건 그저 직감일 뿐이잖나."

"예, 제가 틀렸을 수도 있겠지요."

악운은 더 이상 팽휘종의 말에 답변하지 않고 침묵했다.

그러자 남궁문이 말을 이었다.

"굳이 두 사람의 의견에 첨언하자면 나는 소가주의 뜻에 무게를 두겠네. 굳이 교주가 아니더라도 우리는 너무 많은 피를 흘렸네. 갑자기 벌어진 전쟁의 참상을 수습하는 데 집중하고, 맹의 재건을 끝까지 마쳐야 하네. 우선 장례부터 치르세."

대부분 동의하는 듯 고개를 끄덕이자 팽휘종이 떨떠름한 표정으로 고개를 주억거렸다.

"……모두의 뜻이 그렇다면 어쩔 수 없겠지. 알겠소."

그제야 악운은 악정호에게 다가갔다.

"아버지……."

악정호는 말없이 악운을 꽉 끌어안았다.

"배고프지? 밥 먹자."

"예."

악운이 희미하게 미소 지었다.

그 말을 듣고 나서야 팽팽한 긴장감이 내려앉고, 길고 길던 싸움이 끝난 기분이 들었다.

천휘성의 삶과는 많은 것들이 달라졌지만 그중 가장 크게 달라진 한 가지는…… 악운에게는 돌아갈 집이 있다는 거였다.

꽃

수많은 일들로 인해 해가 바뀌고, 맹(盟)에서는 공식적인 공동 장례를 치렀다.

공동 장례를 주관한 문파는 소림.

장례의 진행을 도운 건 금정회를 제외한 구파일방과 오대세가였다.

맹의 총본산에서 거행된 '다비식'은 성스러웠다.

절차에 따라 시작된 장례에 참석하기 위해 수많은 인파가 구름같이 몰렸다.

그중엔 과거 혈교에게 납치되거나 죽임당했던 이의 소식을 듣고 찾아온 유족들도 있었고, 과거와 현재를 위해 싸워온 무림인들의 영령을 기리기 위해 찾아온 민초들도 있었다.

장례 과정을 마치고 재만 남은 태양전에 금줄이 쳐지고, 태양무신의 사당이 새로 세워졌다.

그 사당 안에는 과거, 현재를 잇는 수많은 위패가 놓여졌다.

맹(盟)의 일원들은 그 앞에 맹약했다.

무림맹을 재건하겠노라고.

사희는 심마궁(審魔宮)의 궁주, 이각의 전서구를 받자마자 섬서성 비처로 달려왔다.

그토록 염원하던 교주가 상세를 회복했다는 소식을 들은 것이다.

황급히 비처 안에 들어선 그녀를 용포를 흘러내릴 듯 반쯤 풀어헤친 야율초재가 반겼다.

"늦었군."

"파천지로 군림명운! 신 사희, 교주님의 존안을 일찍 뵙지 못했습니다. 용서하십시오."

"괜찮다. 듣자 하니…… 외원이 시끄러웠다지."

납작 엎드린 사희는 옆에 부복해 있는 이각을 힐끗 쳐다봤다.

"예, 그랬사옵니다."

"외원을 금정회와 묶어 맹으로 보냈다라……. 너희 둘 모두 어리석었다. 나를 믿지 못하였는가? 더 좋은 적기가 코앞이었거늘."

사희와 이각이 동시에 부르짖었다.

"그, 그럴 리가 있사옵니까!"

"용서하십시오, 교주님!"

야율초재는 나른한 눈동자를 굴려 이각을 쳐다봤다.

"이제 남은 오대마궁은 어찌 되지?"

이각이 재빨리 대답했다.

"흑마궁, 철마궁, 비련궁이 궤멸에 이르렀고 요마궁, 혈랑궁, 심마궁이 남았습니다. 하나 내원의 세력도 곤륜의 거센 저항 때문에 이 할가량 피해를 입었습니다."

"이각."

"예, 교주님. 말씀하시옵소서."

"그대는 오랜 시간 황궁의 후예라는 이유로 천대받았지. 최근에는 부족한 전력을 메우기 위해 오대마궁에 새로 편입된 것일 뿐……."

"교주님께서 내리신 영광 덕분입니다."

"그럼, 증명해야 하지 않겠나?"

"어떤 하명을 내리시든 성심을 다하겠나이다."

"그래, 그래야지……."

만족스러운 듯 미소 지은 야율초재는 다시 사희를 쳐다

봤다.

"너희의 잘못된 선택으로 말미암아 정파가 결속하게 되었다."

사희는 조용히 몸을 움츠렸다.

교주를 위한 최선이었든 아니었든, 이 선택으로 인해 혈교는 또다시 엄청난 피해를 입었다.

전혀 예상도 못했던 일이었다.

금정회와 혈교 외원이 통째로 무너져 버린 데 반해, 정파는 유례없는 결속력으로 순식간에 무림맹 재건을 이뤘다.

또한 다시 태양무신을 기리며, 모두가 태양무신의 유산과 심득을 불태웠다.

나아가 낙양, 개봉 등 맹 주변에 포진되어 있던 첩자들이 개방도에 의해 속속들이 밝혀지고, 금정회에 속했던 문파들이 일제히 봉문을 선포해야 했다.

머지않아 섬서성까지 그 영향력을 확장하려 들 게 뻔했다.

"죽여 주시옵소서."

"사희, 네 무덤은 이곳이 아니다."

"존명……. 하면 소신의 무덤을 이미 정해 두셨나이까."

"무엇이 지금의 정파를 하나로 묶었다고 보는가."

야율초재의 반문에 사희가 쉽게 말을 잇지 못했다.

그 찰나, 이각이 나섰다.

"신이 대신 답해도 되겠나이까?"

약기의
무림

"상관없다. 말하라."

"산동악가의 재건을 진작 막지 못한 것이 패착이라고 봅니다. 산동악가는 이제 정파 부활의 '상징'이 됐습니다. 상징은 결속을 부르지요."

"그 말이 옳다. 애석하게도 악가는 그들의 상징이 됐다. 잿더미뿐인 정파에서 맹의 부활에 빠질 수 없는 중심이 됐지. 본 교에는 비보이니라."

야율초재는 객관적으로 상황을 바라보고 있었다.

이각은 감탄했다.

적이라 할지라도 현 상황에 대해 냉철하게 인정하고 약점을 찾으려는 야율초재는 빈틈없는 완벽한 절대자였다.

"인정해야 한다. 이제 시간은 놈들의 편이다. 금정회의 일로 시간이 흐를수록 놈들의 결속은 단단해질 것이며, 함께 희생했기에 의심이 사라질 것이다."

야율초재는 자신을 향해 끝까지 창을 놓지 않고 겨눴던 악운의 얼굴이 스쳐 지나갔다.

"후생(後生)에 이르러서야 놈의 목적이 이뤄진 것이지."

사희가 의아한 눈빛으로 물었다.

"어떤 자를 말씀하시는 것인지요."

"산동악가의 소가주, 악운을 말하는 것이다."

사희의 눈에 이채가 흘렀다.

사실 야율초재는 폐관을 끝낸 후 정파의 그 누구에게도 흥미를 느끼지 않았고, 입에 담지도 않았었다.

거슬리는 대상에 대해서만 언급할 뿐이었다.

그런데 지금은 달랐다.

야율초재의 눈은 그 어느 때보다 적의에 차 있었고, 활력이 넘쳐흘렀다.

'이건 분명 호승심……. 교주께서 투기를 내비치고 계신다. 설마…… 악가로 향하셨던 교주께서 잠시 폐관에 들르신 이유가…….'

믿기 힘들었으나 '패배'란 단어가 아주 잠깐 사희의 머릿속을 스쳐 지나갔다.

그녀의 속을 꿰뚫어 본 듯 야율초재가 낮게 웃음을 흘렸다.

"지레짐작하지 말거라, 사희."

사희가 서둘러 더욱 고개를 움츠렸다.

"용서하십시오! 신이…… 감히 우를 범했나이다."

"더 이상의 의심은 네게 독이 될 것이니라."

"명심, 또 명심하겠나이다."

사희는 확신했다.

한 번 더 의심을 품으면 목이 날아갈 게 분명했다.

사희가 입을 꾹 다물자마자 야율초재가 말했다.

"놈은 천휘성이다."

사희와 이각이 동시에 눈을 부릅떴다.

"천……휘성이라하심은……."

"그럴 리가……. 그는 죽었지 않습니까? 그의 시신마저 과거 악가에서 처리한 것으로 압니다."

당시 천휘성의 마지막 전장에 함께 있었던 사희 역시 믿기지 않는 듯한 표정이었다.

'첩자들에 의하면 놈은 교주님이 전장을 벗어나자마자 칠공에서 피를 흘리며 쓰러졌다. 놈의 죽음에 조금의 의혹도, 거짓도 있을 수 없건만…….'

하나 사희는 내심 고개를 저었다.

"교주께서 그런 거라면 그런 것일세."

"예…… 물론입니다. 용서하십시오, 교주님."

야율초재는 그저 미소를 띤 채 대답이 없었다.

마치 두 사람의 반응을 즐기는 듯한 눈빛이었다.

"그래, 놈은 살아 돌아왔다. 죽음을 뛰어넘어 윤회에 성공한 것이지. 무엇이 놈을 그리 만들었는지는 모르나, 나는 놈을 알아볼 수 있었다. 하나 놈은 이번에도 내게 닿지 못했지."

숨죽이고 있던 이각이 조심스럽게 입을 열었다.

"교주님의 말씀대로 정말 천휘성 그자가 악운의 몸으로 다시 태어난 것이고 시간도, 상황도 모두 그자들에게 유리하게 돌아간다면……. 신(臣)들이 해야 할 일이 무엇인지 알겠나이다."

야율초재의 입술이 비틀렸다.

"무엇이더냐."

"시대를 잇는 상징을…… 꺾는 일이라 사료됩니다. 과거의 천휘성이 정파를 지탱하는 상징이었다면 지금의 무림맹을 상징하는 인물은 무당의 마지막 검을 꺾은 악운일 것입니다."

잠깐의 정적이 흐른 후.

야율초재가 무미건조한 음성으로 말했다.

"알았다면 준비하라. 맹(盟)을 무너트리는 것은 악가로부터 비롯될 것이다. 그 선봉에 나, 야율초재가 있으리라."

그 순간 사희는 직감했다.

과거, 악가를 뿌리째 뽑았던 것처럼 혈교 내원에 남아 있는 모든 교도가 또다시 악가를 뿌리째 뽑게 될 것임을.

이각이 회심의 웃음을 지었다.

"맹(盟)조차 갑작스러운 기습에 대항하지 못할 것입니다."

하나 야율초재에게서 들려온 말은 이각의 예상을 넘었다.

"어리석구나."

"……."

"놈은 이미 알고 있다. 이 몸이 올 것이란 것을……. 기대되는구나. 놈은 이번에도 이 몸에게 닿지 못하리라."

야율초재가 뒷짐을 진 채 웃음을 지었다.

그 웃음에는 절제된 광기가 은은히 흐르고 있었다.

늦은 밤.

맹(盟)에서 내준 심정각(心正閣)에서 머물고 있는 악정호는 가솔들을 돌아보면서 말했다.

"……오늘 이어진 회합으로 이제 전후(戰後) 계율과 관련하여 긴급히 다뤄야 할 사안에 관한 것들은 종료되었소. 우선 이미 모두가 지쳤고, 많은 피를 보았기에 혈교를 향한 공격은 잠시 멈추고 당분간은 맹의 영향력을 넓히는 데 집중하기로 합의가 됐소."

모두의 경청 속에 악정호의 말이 계속됐다.

"또한 이미 봉가와 함께 전후 보상을 치른 사천당가를 제외하고 금정회의 주축이었던 무당, 공동, 점창, 아미는 맹(盟)의 개정된 율법에 따라 오십 년 봉문에 처하게 될 것이오."

사마 각주가 눈을 빛냈다.

"사실상 멸문이로군요."

오십 년의 봉문.

그것은 어떤 금전적 이익을 위한 행사를 할 수 없다는 뜻이며 세력 확장도, 다음을 위한 제자 계승도 불가능해진다는 뜻이었다.

역사가 끊기게 되는 것이다.

"그것이 끝이 아니오. 혈교와 결탁한 죄를 물어 각 파의 장로와 중요 지위에 해당하는 인물들은 일제히 맹에 출두해야 하오. 지정된 일자에 출두하지 않을 시, 맹에서 가려 뽑은 감찰대(監察隊)가 직접 움직일 것이오. 감찰대의 수장은…… 만장일치로 본 가에서 임명되기로 했소. 이미 누구일지도 정해졌지."

사마수를 포함한 가솔들이 일제히 놀랐다.

아무리 악가의 활약이 무림맹 재건에 큰 역할을 했다고는 하나, 감찰대는 오랜 세월 무림에 지대한 공헌을 한 연륜 있는 고수가 될 것이라 생각했던 것이다.

호사량이 말했다.

"사실 저는 청명 선배님께서 맡으실 줄 알았습니다."

악정호는 회합에 나왔던 달천의 이야기를 떠올렸다.

"방장께서는 앞으로의 무림은 후학이 이끌어야 하는 무림이라고 하셨소. 그리하여 겪게 될 고난과 갈등 모두 굳은살처럼 단단해질 것이라 말씀하셨지."

알하가 신중한 표정으로 물었다.

"혹여 가주께서 맡게 되시는 것인지요?"

"아니오."

악정호의 대답에 알하, 사마 각주, 호사량, 백훈이 동시에 놀라워했다.

"설마……."

제일 먼저 백훈이 중얼거린 그때.

호사량이 입을 열었다.

"소가주입니까?"

악정호가 희미한 미소를 머금었다.

❧

태양정(太陽庭).

산책로로 세워진 이곳은 검박한 정자 주변으로 넓은 부지의 인공 연못이 순환하며 흐르고 있었다.

악운이 자신을 찾아와 함께 산책하고 있는 진풍도장을 응시했다.

"……쉬고 있는 네게 이런 이야기를 전해서 미안하구나. 가주께 곧 듣게 되겠지만, 회합을 통해 네가 감찰대 초대 대주가 될 것 같구나."

"감찰대의 공식 명칭은 정해졌는지요?"

"그래. 태양무신의 유산은 화합을 위해 소각하더라도 그 신성한 뜻은 계속 이어진다 하여, 태양형천대(太陽型天路)가 될 게다."

"태양형천대……. 좋은 이름이군요."

"암, 영광스러운 이름이지. 혹여 부담되더냐."

"물론입니다. 어려운 일이니까요."

"너무 걱정 말거라. 내가 너와 함께할 것이야."

"사부님께서요?"

"그래. 그러기로 이미 결정이 났다. 젊은 신진 고수들로 주축이 될 것이기에, 적당한 조언자가 필요한 모양이더구나. 하여 내가 직접 자청했다."

"하나 그보다 곤륜을 돌보셔야 하지 않겠습니까……?"

"이미 곤륜의 경내는 전소됐고, 내가 맹에 있음이 알려졌으니 혹여나 살아 있을 곤륜의 제자들은 맹으로 모여들게다. 곤륜을 돌보는 것은 이 일을 마친 후에 해도 늦지 않다."

"사부께서 도와주시니 큰 유혈 사태 없이 여러 임무를 수행하리라 생각합니다. 그 전에 사부님……."

"오냐."

"당분간 가문에 머무르고 싶습니다."

"이유가 있더냐?"

악운의 눈빛이 대답 대신 깊게 가라앉았다.

꿍

맹을 떠나기 이틀 전.

악운은 화산의 제자가 머물고 있는 처소를 찾았다.

갑작스러운 방문이었으나 장문인인 정진은 악운을 환대하며, 무리한 부탁일 수도 있는 악운의 청을 들어주었다.

그건 내상을 다스리고 있는 청명과의 독대였다.

"안 그래도…… 자네와 긴히 대화를 나누고 싶었는데 잘
되었군그래."

"아닙니다. 이미 깊은 내상을 입으신 채로 전투에 참여하
셨음을 들었습니다. 회복이 필요한 시기에 이리 찾아뵙게 되
어 송구스럽습니다."

"아닐세. 내 요즘처럼 마음이 편안한 때도 없다네. 잘 왔
네."

청명은 모락모락 김이 나는 찻잔을 앞에 두고 앉아 있는
악운을 후학을 향한 자애로운 눈으로 바라봤다.

"드시게. 향이 좋더군."

"예, 감사합니다."

차를 한 모금 홀짝인 악운은 찻잔을 내려놓고, 잠시 아무
말 없이 청명을 바라만 봤다.

'네게 오랜 시간 너무 막중한 무게를 얹어 주었구나, 청
명.'

악운은 천휘성의 기억을 떠올리며 가슴 한편이 아려 왔다.

"허허, 어찌 나를 그리도 애달프게 보는 겐가. 소가주의
눈이 꼭 어떤 분을 떠올리게 하는군그래."

"그렇습니까……."

희미하게 미소 지은 악운은 청명과의 과거가 스쳐 지나갔
다.

−사백. 아무래도 화산의 장문인은 저에게 어울리지 않는 것 같습니다. 지금이라도 다음 대 장문인을 찾는 것이 낫지 않을까 합니다.

　−네가 물러난다면 다음은 누구더냐.

　−그것은…….

　−명아.

　−예. 사백.

　−무겁더라도 견뎌야 한다. 그것이…… 네 사부 상청검제(上淸劍帝) 진휴가 남긴 화산을 지키는 길이니라. 네 안의 미혹에 지지 말거라.

'견디는 게 어려웠으리라.'

　눈을 든 악운의 눈에 청명의 피로한 안색이 느껴졌다.

　다시 되찾은 평안으로 인해 눈은 맑고 명료했으나, 오랜 시간 쌓여온 고통의 흔적은 얼굴에서 지우지 못했다.

　조금은…… 덜어 주고 싶어졌다.

　"미안하구나……."

　악운의 달라진 목소리에 청명의 눈이 큰 파동을 일으켰다.

　"자네, 지금…… 뭘 하는 겐가."

　"청명."

　악운의 음성은 어느새 악운의 본래 목소리가 아닌 과거 천휘성의 음성을 그대로 닮아 있었다.

"하찮은 장난으로 빈도를 놀리려 드는 겐가. 어찌하여 이리 어리석게 구는 것이야."

"한 번쯤 위로해 주고, 돌아봐 주고, 다독여 주었다면 좋았을 것을……. 어찌하여 한 번도 그러지 못했을까. 네 여린 심성을 알기에 더욱 엄하고 강하게 가르치는 것이 화산을 위해, 너를 위해 옳은 길인 줄로만 알았다."

"……."

청명은 머릿속이 복잡해져서 화를 내지도 못했다.

이성은 이미 호통을 치고 꾸짖어야 했지만, 이상하게도 마음은 앉아 있는 악운의 모습 위로 천휘성의 그림자가 투영되는 듯했다.

그 순간, 악운의 입에서 나온 한마디.

"완전무결에 집착했던 것이 잘못이었다."

청명이 경악하여 눈을 부릅떴다.

어찌 잊으랴, 지쳐 있던 그분의 유언 같았던 그 말을.

악운이 그 말을 알고 있다는 것은 불가능했다.

오롯이 그 대화의 순간에는 천휘성과 자신 말고는 없었다.

악진명을 통해 전해졌을 리 없다.

"눈을 감고 네 안의 미혹을 잠시 내려놓거라. 보이는 것이 전부가 아닌 순간에 이르면 잠시나마 나는 천휘성일 것이다."

꿀꺽.

마른침을 삼킨 청명은 악운이 시키는 대로 떨리는 눈을 감아갔다.

"어찌…… 어찌 돌아오신 것입니까. 빙의되신 것입니까? 아님 어찌…….”

"중요한 것은 그것이 아니다. 내가 너와 지난 일을 나눌 수 있게 되었다는 것이지.”

"사백…….”

화산의 재건을 위해 누구 앞에서도 온전히 드러낼 수 없었던 여린 마음이 눈을 감고 느끼는 천휘성을 통해 활짝 열렸다.

"너무 힘들었습니다…….”

악운은 청명의 손을 잡았다.

"안다……. 알기에 왔다.”

"저는…… 정말…… 정말……. 사백의 말씀처럼 살고 싶었습니다. 미혹에 지지 않고, 흔들림 없이 화산의 신목이 되고 싶었습니다. 하나…… 그러지 못했습니다. 용서하십시오. 못난 사질을…… 용서하십시오.”

"명아.”

"예, 사백…….”

"너를 꾸짖기 위해 온 것이 아니다. 네가 자랑스러워 온 것이다. 너는 충분히 잘해 주었으며 누구보다 자랑스러운 사질이니라.”

서로 간에 더 많은 말은 필요 없었다.

청명은 왈칵, 눈물이 쏟아져 나왔다.

"조금 더…… 화산에 남아 있어 주거라. 이제야 자유로워진 너는 나를 따라 이대로 스러지기엔 너무 아까워."

그리고 그날.
청명은 그를 죽음으로 몰아넣던 내상으로부터 자유로워졌다.
공연을 살렸던 환환대법(環換大法)이었다.

❧

성공적으로 맹의 회합이 끝난 직후.
낙양에 왔던 산동악가의 행렬은 총본산에서 다시 동평으로 향하게 됐다.
하지만 사마 각주와 알하는 악로일당과 함께 가문으로 향하지 못했다.
당분간 맹이 안정화를 찾고 필요한 인력을 구할 때까지는 각 파와 세가의 병력이 서로의 협조 아래 주둔하기로 했던 것이다.
그래서 악정호를 필두로 한 악로삼당이 악운, 노르, 백훈, 호사량과 함께 귀환길에 오르기로 했다.
"당분간 태양형천대의 책임을 진풍도장께 맡기고 가문으로 돌아가는 이유가 계속 아비의 머릿속에 남는구나."

악정호가 고민스러운 눈빛으로 곁에서 말을 몰고 있는 악운을 돌아봤다.

악운이 말의 속도를 높여 악정호와 나란히 말을 몰았다.

"틀릴 수도 있습니다. 그저 예상일 뿐입니다."

"맞을 수도 있겠지. 네 말대로 우리 가문은 이제 맹의 주요 세력이 되었으며 공식적으로 오대세가로 인정받게 됐다. 그 위치까지 올라서기까지 우리가 해 온 일은 대부분 혈교와 연관되어 있었어. 얼마 전 교주가 널 노린 것도 그런 이유였겠지."

어느새 호사량이 함께 말을 몰아 다가왔다.

"한 말씀 올려도 되겠습니까?"

"그러시오."

악정호의 허락과 함께 호사량이 말을 이었다.

"저는 소가주의 예견이 들어맞으리라 확신하고 있습니다."

악운의 눈에 이채가 흘렀다.

"의외군요. 부각주라면 좀 더 고려할 것이 많을 거라 얘기할 줄 알았는데요."

"아니오. 소가주, 방금 가주님께서 말씀하신 대로 당금 교주를 막을 수 있는 이가 몇이나 있다고 보시오?"

"그건……."

"장담컨대, 내가 아는 이들 중에서는 소가주 하나요."

악정호가 동감하듯 고개를 끄덕였다.

"그래, 방장 스님께서도 그리 말씀하셨었지. 네 경지가 이미 자신을 넘어 지고하다고."

악정호는 회합 중에 나왔던 달천의 씁쓸한 웃음이 기억났다.

―허허! 내, 노구가 젊은 시절을 떠올리며 들썩일 만큼 소가주의 경지는 강렬했다오. 마치 오래 전 그분의 현신을 보는 것 같았지. 악가의 홍복이오. 아니, 나아가 정파 무림의 홍복이지. 무신께서 우리를 위해 마지막 안배를 해 두신 것처럼 느껴지는구려.

"그분이 그렇게 말씀하실 정도라면 그 대단한 혈교의 교주마저도 너를 두려워하고 있을 게야. 하긴, 무당의 장문인마저 일 창에 꺾을 줄이야……. 아비도 무척 놀랐다."

"운이 좋았습니다. 장문인이 워낙 궁지에 몰린 상황이기도 했고요."

"더구나 현재 네 입지는 네가 상상하는 것 이상이더구나. 수많은 젊은 무인들이 이성의 아성을 넘은 새로운 개천무신을 꿈꾸고, 수많은 정파의 웃어른들과 수장들은 믿음직한 후학의 등장에 든든함을 느끼고 있지. 앞으로 네 행보에 모인 관심만큼 선한 영향력이 퍼질 게다. 하나……."

악정호의 눈빛이 엄중해졌다.

"만에 하나라도 네가 혈교 교주에게 죽임을 당한다면……."

"겨우 살아난 변화의 불씨가 꺼질 듯 위태로워지겠지요. 상징이 된다는 건 그런 일이니까요."

천휘성으로 살아왔기에 악운은 상징이라는 단어가 가지는 무게를 충분히 경험으로 배워 왔다.

그렇기에 담담할 수 있었고 걱정하지 않을 수 있었다.

"하나 아버지……."

"그래, 듣고 있어."

"설령 제가 꺾이더라도 어떻겠습니까?"

"운석아, 그게 무슨 소리야?"

"정말 만에 하나 제가 패배한다고 한들, 장담컨대 교주는…… 아니, 혈교는 더는 무림을 흔들지 못합니다."

듣고 있던 호사량이 눈을 빛냈다.

"소가주, 그게 무슨 말이오?"

"말 그대로입니다. 저는 태양무신이 아닙니다. 태양무신은 무수히 많은 전투에서 이기고 지며 수많은 이를 지켜 온 업적이 있습니다. 하나 저는 고작 몇 년 동안 악가의 재건을 위해 노력했을 뿐입니다."

악정호가 담담히 반문했다.

"그래서?"

"넘볼 수 없는 상징이 아니란 뜻이며, 반대로 누구든 넘볼 수 있는 목표라는 뜻입니다. 저는 어렵습니다. 저에게는 후배보다 선배님들이, 어르신들이 더 많습니다."

악운은 이번 싸움을 계기로 많은 것들을 느꼈다.

구파일방과 오대세가는 변화할 '계기'를 기다려 왔고, 크게 변화할 완벽한 때를 얻게 됐다.

쌓여 있던 갈등이 터지고 화합과 희생을 자처하기 위한 결속이 시작됐다.

그건 천휘성이 홀로 싸워 왔던 양상과는 사뭇 달랐다.

'혼자가 아니야.'

악운은 장담하듯 힘주어 말했다.

"제가 쓰러지면 우리 가문은 위험해질 겁니다. 하지만 아버님께서 남아 계시고, 부각주가 있습니다. 백 대주와 노르 당주도 있지요. 그뿐이 아닙니다."

악운의 눈빛에 푸른빛이 일렁였다.

"과거엔 우리가 쓰러지더라도 정파는 그저 관망할 뿐이었습니다. 하나 지금은 다릅니다. 우리가 쓰러지면…… 천하가 분노할 겁니다."

악운의 머릿속에 광소하던 야율초재의 얼굴이 스쳐 갔다.

"그리고 야율초재는 약관도 채 되지 않은 제게 두려움을 느낀 존재로 각인될 겁니다. 그럼 그와 그들의 무리는 더 이상 두렵고 건드리면 안 되는 그런 존재가 아니라…… 우리가 무너트릴 수 있는 존재로 보이게 되겠지요."

무표정하던 호사량이 이의를 제기했다.

"하나 현실적으로 현경의 고수는 소가주 혼자요. 이번 전투에서도 알게 됐지만 현경에 오른 소가주는 화경의 고수마저 기습적으로 일 창에 벨 수 있었소. 만약 소가주가 패배한다면…… 아니, 우리가 패배한다면 교주를 실질적으로 이길 수 있는 이는…… 없을 거요."

"그럴 일은 없을 겁니다."

"교주는…… 강하오. 그로 인해 우린 유능한 인재를 둘이나 잃었잖소."

"우려하시는 바는 알지만 장담하겠습니다. 일전을 겪은 이후로 저는 확신했습니다. 설사 그를 완벽히 이기지 못할지라도…… 제가 죽게 되면 그는 두 눈, 두 팔, 두 다리 어느 쪽이든 더는 교주로서 오롯이 설 수 없을 겁니다."

악운이 그간 가문을 지키기 위해 지나왔던 수많은 일들을 떠올리며 말을 이어 나갔다.

"저는 매번 한계를 넘어왔습니다. 교주 역시 제가 또 한 번 넘어야 할 수많은 한계 중 하나가 될 겁니다. 한계를 넘는 법은…… 이미 충분히 경험했습니다."

호사량은 뒷말을 굳이 듣지 않아도 알고 있었다.

"열망(熱望)."

"네, 지키기 위한 열망은 그보다 제가 앞섭니다."

악운은 곁에서 함께 말을 몰고 있는 가솔들을 둘러봤다.

그들이 이겨야 할 이유고, 한계를 넘어설 계기이며, 확신이다.

교주가 확신할 수 있는 것은 오로지 그의 무력뿐이다.

돌고 돌아 다시 그와의 일전을 기다리는 지금, 악운은 확신했다.

'그 껍데기만 무너트리면…….'

야율초재는 모래성처럼 무너질 것이다.

~∞~

맹(盟)이 재건됐다.

그 소식은 빠르게 중원에 퍼져 나갔다.

나아가 공석이었던 맹주 자리는 남은 구파일방과 오대세가 수장들의 투표를 거쳐 소림사 방장인 달천에게 이어졌다.

따로 맹주 입관식은 없었다.

허울뿐인 입관식 대신 맹(盟)은 안정화를 꾀하는 쪽을 택했다.

맹에 정해진 계율에 따라 금정회는 봉문요청이 향했고, 태양형천대란 감찰대가 세워졌다.

일대 수장은 '천개신룡(天開新龍) 악운'.

이성(二聖) 중 일인을 꺾고, 당금 일천(一天)에 가장 가까워진 무인이었다.

그간 세간에서는 일천(一天)에 관한 갑론을박이 많았다.

일천을 태양무신으로 둘 것이냐.

혹은 전대 혈마로 둘 것이냐 하는 논란이었다.

하나 태양무신은 역사 속에 스러져 버렸고 전대 혈마는 구멍이 뚫린 채 오랜 세월 모습을 드러내지 않았다.

그 즈음 저자에는 새 혈마가 곤륜을 무너트렸다는 충격적인 이야기가 퍼지기 시작했고, 떠들기 좋아하는 설화자들은 이제 새 혈마와 천개신룡 악운이 어느 시점에 마주하게 될 것인가를 두고 떠들어 댔다.

❧

"무슨 생각을 그리 하시오?"

나무를 보며 우두커니 서 있는 악운 곁으로 호사량이 다가왔다.

먼 길을 지나 두 사람이 동평에 당도한 지 칠주야째였다.

"오셨습니까."

"지나가던 길에 소가주가 있기에 잠시 들렀소."

"그러셨습니까. 저는 일전에 마주했던 혈마를 떠올리고 있었습니다."

"자신 없는 것이오?"

"아뇨, 싸우고자 떠올린 것이 아니라 그와 정파의 악연이

참 길다고 느껴져서요. 태양무신에서 이제 제계로 이어진 것 아닙니까?"

"하긴……."

"그보다 개방의 지원을 청했다 들었습니다."

"그렇소. 제녕, 동평, 제남 인근을 숭찰각(嵩察閣)이 샅샅이 살피기로 했고, 건 방주님의 지원까지 받아 산동성 밖까지 경계를 시작했소. 개미 새끼라도 지나가면 우리가 알 수 있을 것이오."

숭찰각(嵩察閣).

보현각의 지원을 위해 새로 설립된 기관이었다.

악정호의 결정으로 호사량은 그 기관의 초대 수장이 됐고, 현재 혈교의 경계 태세를 사마 각주와 함께 총괄하고 있었다.

하나 바쁜 곳은 숭찰각뿐만이 아니었다.

외원에 속한 삼단(三團)도 높은 경계태세에 무척 바빠졌다.

악가운정대를 비롯해 산협단, 동호단, 정룡단은 동평과 제녕을 오가며 그 인근을 물샐틈없이 호위했다.

가솔이 되고자 악가로 밀려드는 수많은 이들의 신분을 확인하고, 손님으로 온 이들을 검문하는 역할까지 도맡은 것이다.

그 후 모든 책임과 총괄은 언성운과 악가진호대가 했다.

황보세가와의 일전보다 훨씬 예민한 움직임이었다.

"그들은 은밀함을 버리더라도 최단 거리를 통해 저희에게 올 겁니다. 이를 위해 중요한 길목들에 감시를 두었으니, 주기적으로 도착해야 하는 전서구가 오지 않는다면……. 그들이 도착한 것일 가능성이 농후합니다. 정보를 차단하고 궁지에 모는 건 그들이 제일 잘하는 일이니까요."

고개를 끄덕인 호사량이 입을 열었다.

"맹의 도움이 있었다면 좋으련만……."

"제 심증만으로 맹을 움직이는 건 위험한 일이니까요. 더구나 우리 가문의 전력은 결코 혈교에 비해 부족하지 않습니다."

철홍이 자결을 위해 사멸문(死滅文)을 되뇌기 직전, 악운은 수혼대법을 통해 혈교의 모든 전력을 파악해 뒀다.

심지어 혈교는 그때보다 더 약하다.

"이번에 북해빙궁, 비타채, 남월야수문의 외원들이 궤멸됐고 정파 내의 조력자 역시도 대부분 정리됐습니다. 제일 강한 전력을 보유하고 있던 흑마궁과 투전궁도 저희 가문에 의해 궤멸됐지요. 더구나 놈들은 교주를 믿고, 무리하게 곤륜을 습격하긴 했으나……. 큰 피해를 입었습니다."

진풍도장에 의하면 산동악가가 자금 지원을 통해 뿔뿔이 흩어졌던 곤륜을 도왔던 덕분에 곤륜 역시 쉽게 무너지지만은 않았다.

그것만 보더라도 혈교에 남은 전력은 이제 얼마 되지 않는다.

"그러니 만약 이번 일전이 일어나게 된다면 승패를 좌우할
수 있는 건 저와 교주의 승부가 될 겁니다. 우린 그에 맞게
준비하면 될 테고요."

"혈교는 필사적일 것이오."

"가문의 명운을 내건 건 저희 역시 마찬가지이지요."

"끝이 다가오는구려."

"아뇨."

악운이 나무를 올려다보며 웃었다.

"시작입니다."

모든 것을 바로 잡을······

하북성, 석가장.

새로 실권을 쥔 석은광은 금과 은으로 장식된 화려한 심처
(深處)에 앉아 있었다.

"맹의 서신에 대해 고견들을 말해 보시오."

석가장의 가신들이라 부를 수 있는 석가팔량(石家八良)은 아
무 말 없이 고개만 숙이고 있었다.

석가장으로서는 참담한 지경이었다.

그간 석가장의 세 명의 후계자가 치열하게 싸우는 동안 막

내였던 석균평이 '백마상단'의 설립 명목으로 빼돌린 막대한 비자금이 공중 분해되었을 뿐 아니라, 첫째였던 석은광과 둘째였던 석홍의 전면전이 석가장 내에서 벌어졌다.

그 후 실권을 쥐게 된 석은광은 그간의 피해를 복구하고자 강제로 주변의 이권을 이 잡듯 빼앗아 흡수했다.

명분 따윈 상관없었다.

전에는 배후에 무당이 있었으니까.

하지만 금정회는 궤멸됐고, 관련되어 있던 문파와 가문에 맹의 출두 통보서가 전달됐다.

석가장도 예외는 아니었다.

석은광은 답답한 눈빛으로 다시 입을 열었다.

"다들 할 말 없소?"

석가팔량 중 표국 사업을 담당하는 유지광이 말했다.

"송구하오. 우리 역시 별다른 혜안이 없소."

"빌어먹을……. 이대로라면 우리 가문은 맹에 의해 모두 갈기갈기 찢어지고, 모든 기반을 잃어버리게 될 것이외다!"

석은광의 말대로였다.

이미 천하의 정세는 맹을 중심으로 흐르고 있었고, 그간 금정회에 기생하며 수많은 착취를 일삼아 온 석가장은 맹에 의해 사분오열될 최우선 가문이었다.

특히나 석은광은 무당의 속가제자.

무당파의 이름이 바닥에 떨어진 이상 그 신분은 되레 석가장의 단점으로 작용될 뿐이었다.

눈치를 보던 석가팔량의 화엄이 말했다.

"그저 굴복하듯 맹에 납작 엎드린 채 선처를 바라는 것이 어떠시오……?"

"모두 나이를 헛먹어 정신이 나간 것이오?"

유지광이 눈을 부라렸다.

"장주, 말씀이 심하시오!"

"뭐라?"

석은광은 헛웃음이 나왔다.

금정회 아니, 무당이 멀쩡할 때만 해도 놈들은 눈 한 번 제대로 마주치지 못했었다.

한데, 무당이 무너지자 태도가 돌변했다.

석은광이 광기에 찬 눈빛으로 말했다.

"가문의 이권이나 빨아먹을 줄 아는 거머리 같은 놈들……. 네놈들이 이럴 줄 알았다. 두려워서 앞장서서 싸울 줄도 모르는 늙은이들 같으니……."

석은광은 더 이상 참을 수가 없었다.

후계자 싸움 중에도 석가팔량은 중립을 표방하며 웬만해서는 누구의 편도 들지 않고 싸움을 지켜만 봤다.

그러다 완벽히 전세가 기울자 그제야 우르르 몰려와 가신인 척 떠들어 댔다.

스륵.

어느새 검을 쥔 석은광이 의자에서 일어나서 석가팔량을 내려다봤다.

"나는 오늘 네놈들의 목을 칠 것이다."

유지광이 제일 먼저 벌떡 일어나 소리쳤다.

"지금 제정신으로 하는 소리요? 석가장의 절반은 우리의 전력이외다!"

석은광이 낮게 웃었다.

"큭큭, 불러 봐야 소용없다. 내가 이끄는 석화당(石禍黨)이 네놈들의 친위대 포섭을 끝냈을 테니."

"……."

"네놈들이 이끄는 자들이야 돈으로 움직이는 쓰레기들이 대부분 아니더냐. 어디 네놈들이 신의로 사람을 데리고 있더냐. 돈만 주면 끝날 일들이지. 이제 네놈들의 일가족은 죽거나 노예로 부려질 것이며 네놈들의 첩실은 내 측근들의 몸종으로 부려질 것이다."

화엄의 얼굴이 분노로 새빨갛게 붉어졌다.

"이이이익! 장주! 이게 무슨 미친 짓이란 말이오!"

석은광은 대답 대신 바닥을 박차고 검을 뺐었다.

번쩍!

삽시간에 화엄의 목이 떨어지자 나머지 석가팔량이 유지광의 뒤로 숨었다.

의외로 유지광은 담담했다.

"쯧……. 어째 이리 모두 견자들만 있을꼬."

"과연 유지광. 절정 고수로서 실력이 아직 남아 있는 모양이지?"

"그걸 알고도 이리 덤볐단 말인가?"

유지광의 당당한 태도에 석균평이 광소를 터트렸다.

"크흐흐! 크으흐하하!"

"왜 웃지?"

의아한 유지광의 반문에 순간 그의 목덜미 부근에서 싸늘한 목소리가 울려 퍼졌다.

"네놈의 상대는 나니까."

혈랑궁의 현 궁주 오범이 싸늘한 검신을 유지광의 목에 둔 채 웃고 있었다.

"대체, 언제……?"

기척도 느끼지 못한 유지광의 눈에 경악이 실린 순간.

서걱!

오범의 검이 그의 목을 베었다.

"으아악!"

"커헉!"

그 후 나머지 석가팔량이 목숨을 잃는 건 그야말로 찰나였다.

스륵-!

일방적인 학살을 마친 오범이 검을 거두고 있는 석은광을 쳐다봤다.

"교주께서 조만간 당도하실 것이다. 이번 일만 잘 끝낸다면 네놈이 원하는 대로 석가장은 교(敎)에 합류하게 될 것이야."

석은광은 얼른 자리에 엎드리며 부복했다.

"파천지로 군림명운. 저희 석가장의 모든 것을 동원하여 산동악가로 향하는 길을 열겠나이다."

"응당 그래야지."

오범의 눈동자가 살의로 활활 불타올랐다.

야심한 시각, 철골방(鐵骨房)을 이끄는 개방팔황의 도 장로가 개방 총본(總本)을 찾았다.

건봉효에게 다급히 알리기 위한 정보가 있었던 것이다.

"방주, 도 장로입니다."

"들어오시오."

방에 들어서자 수많은 크고 작은 전도들이 천장과 탁자를 가리지 않고 붙거나 걸려 있었으며, 탁자 위에는 수많은 작은 말들이 경로에 따라 놓여 있었다.

"풀어놓은 뎇 중 하나에 놈들이 걸렸습니다."

건봉효의 눈에 이채가 흘렀다.

"석가장이오?"

"예, 석가장에 숨어들어 있던 방도가 알린 소식에 의하면 이틀 전에 석은광이 석가팔량을 모조리 처단하여 시신들이 실려 나가는 것을 보았다고 합니다. 그뿐이 아닙니다. 석가장 내에 존재하는 모든 마차와 병기, 식량 등 많은 물자들이 일정 기간 동안 줄줄이 외부로 빠져나갔습니다."

건봉효가 수염을 쓸어내렸다.

"조력자가 있군."

그간 건봉효와 개방은 금정회, 원룡회, 천룡채 등 혈교와 연관 있을 법한 모든 집단들을 이 잡듯 뒤지며 조사했다.

그중엔 안가로 쓰이는 작은 어물전도 있었고, 민초로 위장한 구성원도 있었다.

그러나 가장 큰 요주 세력은 '석가장'을 비롯한 금정회에 속한 문파들이었다.

봉문을 택하기보다 혈교에 조력할 가능성이 농후했던 것이다.

그래서 그들의 내부 혹은 거래하는 모든 곳에 개방도를 심어 두고 기다렸다.

그 노력이 이제야 빛을 본 것이다.

도 장로가 다시 입을 열었다.

"어찌할까요? 분명 혈교일 것입니다."

"산동악가에 이 사실을 알리고, 석가장을 통해 진입할 수 있는 모든 진입로를 경계하라 이르시오. 맹(盟)에는 내가 직접 알리지."

"놈들의 목적이 불분명한 지금, 차라리 먼저 습격하는 것은 어떻습니까?"

도 장로의 반문에 건봉효는 악운이 맹을 떠나기 전 찾아와 남겼던 말이 스쳐 지나갔다.

　-만약 제 예견대로 혈교가 관련 세력을 움직여 본격적으로 이동을 시작한다면 그 목표는 우리 가문이 될 것입니다. 그리 되면 맹(盟)의 인원을 규합하십시오.

　-최대한 빨리 움직인다고 해도 늦을 걸세. 버틸 수 있겠나?

　-가문으로 와 달란 소리가 아닙니다.

　-그럼?

　-이번 세대에서 악연을 끊어 주십시오.

　-설마…….

"놈들을 살피되, 습격은 없소. 대신 우리는 맹의 인원을 규합하여 그들의 근거지를 습격할 것이오. 이제껏 한 번도 점령된 적 없는……."

건봉효의 눈이 결의로 번뜩였다.

"천산을."

"……개방에서 인편이 왔소. 혈교가 석가장의 조력을 받아 무성(武城) 일대를 통과할 것 같다고 하오."

무겁게 입을 연 악정호는 조용히 장내를 응시했다.

분명 가문의 위기를 코앞에 뒀다는 비보였으나 화룡각에 모인 가솔들의 표정은 크게 달라진 게 없었다.

오히려 노르가 당당한 눈빛으로 입을 열었다.

"우리는 그간 푸른 늑대의 가호와 늘 함께였습니다. 이번이라고 다를 건 없습니다. 아니 그렇습니까?"

"아우의 말이 맞습니다. 비록 맹의 일을 위해 사마 각주와 알하 일당주가 공석이기는 하나 그 빈자리를 채울 수 있을 만큼 사기가 높습니다."

언성운이 진중하게 입을 열었다.

"두 당주들이자 오랜 시간 함께해 온 아우들의 말에 동의합니다. 더구나 인지하고 있는 위기는 위기가 아니라 배웠습니다. 되레 이건 혈교를 무너트릴 수 있는 기회일 것입니다. 선봉을 설 기회를 주십시오."

백홍휴가 호응하듯 입을 열었다.

"제가 보좌하겠습니다."

"중후열은 제가 맡지요."

유예린도 빠지지 않고 동조하자, 지켜보던 백훈이 노기에 찬 눈빛으로 말했다.

"아끼던 악가뇌혼대의 가솔이 크게 다쳤습니다. 오히려 복수할 기회를 얻었다고 생각합니다."

악정호가 백훈을 다독였다.

"마음은 아네만 과한 흥분은 좋지 않네."

"예, 압니다. 절제하겠습니다."

"흐아암…… 혈교 쓰레기들 죽인다는 말들을 뭐 이리 길게 하는 게냐? 쯧쯧!"

오랜만에 회합에 참석한 양경의 발언에 악정호가 너털웃음을 터트렸다.

"양 대인께서는 그만 나가 보셔도 좋습니다."

양경이 의외로 고개를 저었다.

"됐네! 저놈이 끝까지 자리를 지켜야 한번 시원하게 붙어 준다고 약조했으니……."

그의 시선이 향한 인물은 당연히 호사량과 백훈 사이에 앉아 있는 악운이었다.

그제야 악운이 짐짓 미소를 띤 채로 입을 열었다.

"저는 그런 약조를 한 적이 없습니다. 어르신께서 심심하다고 강제로 제게 쏘아붙이고 가신 것이지요, 하하!"

"이놈이?"

양경이 흉신악살처럼 얼굴을 일그러트렸음에도 회의는 오히려 활기가 돌았다.

양경이 길길이 날뛰는 게 하루 이틀도 아니었고, 여러 혈전을 겪으면서 그 역시도 가솔의 일부라는 걸 모두가 느낀 덕분이었다.

양경도 말만 거칠지, 실제로 악운에게 덤벼들지는 않았다.

악정호가 오히려 양경을 달랬다.

"어르신, 고정하시지요. 운이 저놈 버릇 없는 거야 하루 이틀입니까?"

"크흐음, 가주가 그리 말하니 내 참도록 하지."

어린아이 같은 양경의 반응에 피식 웃은 악운은 조용히 호사량을 쳐다봤다.

늘 가문의 전투에는 호사량의 계책이 있었고 이번에도 다르지 않으리라 생각한 것이다.

"호 각주께서도 하실 말씀이 있어 보이시는군요."

호사량이 기다렸다는 듯 말했다.

"현재 가문 내에 주둔한 화경의 고수들은 가주님을 포함해 네 분 정도에 이릅니다. 양 대인, 백훈 대주, 백홍휴 대주이지요. 화경에 가까워진 분들 역시 많습니다. 저를 포함해 유 대주, 성균과 다흑 부대주 등이 있지요. 진작 절정에 이른 악로당의 당주들 역시도 믿을 만한 전력입니다. 현재 예상되는 혈교 전력을 웃도는 전력입니다."

악정호가 반문했다.

"해서?"

"그들은 교주의 실력을 믿고 있다는 뜻입니다. 교주가 단숨에 저희의 소가주를 베어 내서 승패를 뒤집을 것이라 믿고 있는 것이겠지요. 실제로 보지는 못했지만 소가주를 통해 살피게 된 현경 고수의 실력은⋯⋯."

호사량의 눈빛이 날카로워졌다.

"분명 그들의 뜻대로 전장의 판도를 바꿀 만큼 강합니다. 우린 모두 봤습니다. 소가주가 마치 어린아이 다루듯 단숨에 이기어검에 이른 무당 장문인을 베어 버린 것을요. 그것만 봐도 과연 화경의 고수가 몇이나 덤벼들어야 현경에 이른 자를 쓰러트릴 수 있을지 가늠도 안 됩니다. 그래서 생각해 봤습니다. 차라리 길을 열어 주는 것은 어떻겠습니까?"

난데없는 제안에 모두의 눈에 놀라움이 섞였다.

악정호도 이해하기 힘들었는지 재차 물었다.

"적에게 길을 연다? 이해하기 힘들군. 자세히 설명해 주겠소?"

"교주는 소가주를 무너트린 이전의 승리에 도취되어 있지요. 그러니 하북을 돌파해 단숨에 산동성까지 돌진하는 경악스러운 계책을 펼친 것일 겁니다. 그건 오만이자 확신이지요. 우린 그걸 노리는 겁니다."

악운이 조용히 고개를 끄덕였다.

"일대일, 즉 단기접전이군요."

"맞소. 처음부터 길을 열어 고수끼리의 단기접전을 제안하는 것이오. 그럼 우린 두 가지 효과를 볼 수 있소. 교주를 믿고 진입한 혈교의 사기를 꺾을 수 있고, 교주와 교도들을 따로 상대할 수 있게 되오. 물론 이 모든 건……."

호사량이 다시 악운을 쳐다봤다.

"소가주가 교주를 이긴다는 전제요."

악정호가 이마를 찌푸리며 말했다.

"하면 운이가 패배했을 경우의 계책은 어떻게 되오? 우린 악수 역시 대비해야 하오."

호사량이 고개를 저었다.

"부대를 나눠 유인조가 상대의 발목을 묶어 두고, 나머지가 제녕을 통해 탈출하는 퇴각을 펼쳐야 합니다. 싸우기보다 물러나서 후일을 도모하는 것이 가장 낫다고 봅니다."

악정호가 침통한 표정을 지었다.

"운이가 패배하면…… 후일을 도모해야 한다라……."

그 순간, 호사량이 입을 열었다.

"계책을 세우는 군사로서 확신이란 가장 경계해야 하는 금기 중 하나인 것으로 압니다만……. 저는 소가주가 승리할 것을 확신합니다. 일전의 패배는 소가주를 더 단단히 만들었을 뿐입니다. 아니오?"

호사량의 눈빛을 마주한 악운이 자리에서 일어나 악정호를 비롯한 좌중을 차분히 응시했다.

이제 여지는 없다.

모두에게는 확신하고 의지할 것이 필요해 보였다.

오랜 시간 전장을 누볐던 악운은 지금 이 상황에서 무슨 말이 필요한지 누구보다 잘 알고 있었다.

"패배는 인정할 때 진짜 패배라 배웠습니다. 저는 완전한 패배를 인정하지 않았고, 다시 싸울 준비를 마쳤습니다. 이번에는 확신합니다. 이길 수…… 있습니다."

"가문의 사활을 건 일이야."

"압니다."

"하긴…… 가솔들마저 믿는데 아비가 안 믿으면 어찌하랴."

결심을 내린 악정호가 호사량에게 말했다.

"숭찰각 각주는 들으시오."

"예, 가주님."

"신 각주를 책임자로써 악가운정대를 움직여 무장하지 않은 가솔들은 제남으로 이송시키시오."

"그리하겠습니다."

"남은 제장들은 들으시오. 모두의 의견을 받아들여 나는 동평정전에서 승리했던 북쪽 관문 평야에 진을 칠 것이오. 우린 그전에도 이곳에서 배수진을 쳤었지. 이번도 다르지 않소. 다만 이번엔……."

악정호의 눈동자가 투기를 근거한 열기로 은은히 달아올랐다.

"종전의 끝이 다가왔다는 것이 그 차이일 뿐이오. 솔직히 낯이 뜨겁소, 약관도 되지 않은 내 아들에게 가문의 명운을 내건다는 것이. 그렇기에 혼자 싸운다는 마음이 들지 않도록 곁에 있을 것이오. 쓰러지더라도 함께 있을 것이오."

악정호가 뇌공을 들고 일어났다.

"가문이 무너진다면 동평이 내 무덤이 될 것이오."

"소신, 언성운. 가문과 함께 하겠나이다."

"소신, 백훈. 가문을 따르겠나이다."

"소신, 호사량. 가문에 앞장서겠나이다."

이어지는 호명 속에 악운이 맨 마지막으로 일어나 주작을 고쳐 쥐었다.

전율이 온몸을 훑고 솜털을 곤두서게 했다.

악운은 진심을 다해 말했다.

"반드시, 이길 것입니다."

금벽산은 이제 거동이 될 만큼 많이 나아졌다.

아직 눈은 붕대를 풀지 못했지만 본래의 감각이 뛰어났기에, 지팡이를 짚어가며 동평 장원을 종종 산책했다.

"비무장 가솔들이 대피를 위해 떠난다고 들었소."

"예."

악운은 무장한 채 금벽산을 찾아왔고 금벽산은 악운이 올 줄 알았다는 듯 미리 기다리고 있었다.

　"두려우시오?"

　"아뇨, 오래 숙원해 오고 기다려 왔던 일입니다."

　"그럼 됐소."

　미소 지은 금벽산이 두 사람의 뒤쪽에서 함께 따르고 있는 백훈과 서태량, 호길을 돌아보았다.

　"전우들과 함께 오셨구려."

　"예, 모두와 같이 왔습니다."

　"함께 말을 타고 적들과 싸울 때가 그립지만 먼저 편한 잠자리를 택한 것이 마음 쓰인다오. 해서 소가주……."

　"예."

　"나는 동평을 떠나지 않을 것이오."

　"아닙니다. 가시는 편이……."

　"교주와 단기접전을 펼친다고 들었소. 그런데 무엇이 두려워 떠난단 말이오? 나는 소가주가 승리하는 것에 일말의 의심도 없소. 그게 내가 아는 소가주요. 일전의 패배마저 승리의 일부로 둘 줄 아는 진짜 무인이지. 두 번의 패배는 용납하지 않는 분 아니오."

　금벽산이 악운의 손을 두 손으로 꽉 쥐었다.

　"소가주."

　"예."

"이번에야말로 놈의 눈을 멀게 할 차례요. 준비는 됐소?"

악운이 금벽산의 손 위에 나머지 한 손을 얹으며 대답했다.

"오래 전에 마쳤습니다."

"그럼 이제 가시오, 나를 포함한 모든 미혹을 두고."

이윽고 악운은 금벽산의 손을 놓고 자리를 떠났다.

금벽산은 현명했다.

그의 조언 덕분에 마음 한편에 남은 마지막 걱정을 떨쳐 낼 수 있었다.

'확실히 과거와는 달라.'

천휘성과 같이 집착, 번민, 의심…… 그 어떤 걱정도 마음에 남아 있지 않았다.

오로지 단 한 사람에게만 집중할 수 있는 환경이 마련된 것이다.

이제 오랜 숙적과 마주할 일만 남았다.

석가장 깃발을 든 마차 행렬은 무성을 지나자마자 혈교의 깃발로 바뀌어 동평을 향해 빠르게 진군했다.

그러는 동안 석은광은 혈교의 일사불란한 모습을 보며 경악했다.

'누가 혈교가 무너지기 직전이라는 헛소문을 퍼트린 게야? 혈교는 여전히 강하거늘……'

혈교 무인들 사이에서는 일말의 두려움조차 느껴지지 않았다.

그들은 마치 감정 없는 존재들 같았다.

자잘한 감정의 사치는 없애고, 효율성만을 중시했다.

더구나 과감했다.

'애초부터 본 가에서 기마와 식량 등을 조력받아 이동할 때부터 정파 놈들이 쉽게 움직이지 못할 것을 예상했다니……'

석은광은 사희가 해 준 이야기를 다시 한번 떠올렸다.

─외람되오나 혹여 개방의 거지들이 저희의 움직임을 눈치채지는 않겠습니까? 너무 드러내놓고 움직이는 것이…… 못내 마음에 걸립니다만…….

─쯧쯧, 어리석긴. 그것조차 모르고 움직였을 것 같으냐.

─하면…….

─이미 놈들은 본 교가 네놈과 거래한 순간부터 조짐을 눈치 채고 감시에 들어갔을 게야. 하나 놈들은 쓸데없는 체계와 명분에 사로 잡혀서 기민하게 대응하지 못하는 머저리들이지.

─이미 알고 계셨던 것입니까?

─물론이니라. 놈들은 본교가 악가를 지옥도로 만들 때

악귀
의원

까지도 당도하지 못할 것이야. 설사 놈들이 기민하게 움직인다고 해도 도착할 때쯤이면 모든 게 끝나 있을 테지. 제아무리 발버둥 쳐도 마도의 종주를 넘어설 수는 없다.

한 명 한 명이 소름끼치게 강한 혈교의 내원(內院) 세력은 이제 단숨에 악가를 불태우고 교주의 신위를 통해 다시 천하로 발돋움할 준비가 끝난 것이다.

아니, 저들은 선두에 선 교주를 넘어설 수 없을 것이다.

석은광의 입가에 희미한 미소가 감돌았다.

석가장은 혈교를 통해 다시 한번 일어서리라.

종극

혈교 병력이 무성에서 평음을 관통할 때쯤.

앞서서 달리던 야율초재가 모든 병력의 진군을 멈추게 했다.

"멈춰! 교주께서 멈추라 하신다!"

"교주님의 하명이니라. 당장 말을 멈춰라!"

질주하던 대군이 멈춰선 사이.

야율초재는 먼산을 응시하듯 어딘가를 바라만 봤다.

하지만 야율초재가 흘려 내는 위엄에 짓눌린 교도들은 아무도 그 뜻을 묻지 못했다.

그저 잠자코 기다릴 뿐이었다.

얼마쯤 흘렀을까?

야율초재가 무겁게 입을 열었다.

"개방의 거지들도 감히 두려워 다가오지 못하고 뒤늦게 흔적이나 따라잡는 게 고작이었다. 한데 동평으로 통하는 관도에 선 지금 개방의 거지들이 사라졌다. 심지어 악가의 쥐새끼들도 다가오지 않지. 이것이 무얼 의미하겠느냐."

사희가 황급히 말했다.

"진군 속도를 더 서두르겠나이다. 놈들은 이미 교주님에게 도망치기 위해 피난길에 오른 것이 틀림없습니다."

야율초재의 입술이 비틀렸다.

"놈이 도망을 택한다고? 어리석구나, 사희."

"하면……."

"놈들은 이 몸이 산동성에 진입한 것을 확인한 후에 길을 연 것이다. 더는 뒤쫓을 필요 없다고 판단했으니 그곳에서 나를 기다리고 있겠지."

사희와 오추를 포함해 다섯 명밖에 남지 않은 혈명회 원로들의 눈이 동시에 흔들렸다.

사희 다음의 실권자인 오추가 살기등등한 눈빛으로 물었다.

"설마…… 놈들이 감히 교주님을 대적하려 마음먹었다는 말씀이시옵니까?"

"맞다. 분명 그런 것이다."

하나 야율초재는 기분 나쁜 기색 없이 오히려 희미한 미소를 짓고 있었다.

'아직도 절망 속에 존재하지도 않는 희망을 갈구하는 것이냐? 네놈의 희망은 이미 지난 일전을 통해 그 한계를 여실히 보여 주었거늘.'

야율초재는 머지않아 피투성이가 될 악운을 떠올리며 희열에 찬 눈동자를 굴렸다.

"문제될 것은 없다. 애당초 계획대로 계속 전진할 것이니라."

"존명!"

혈명회를 비롯해 부복해 있던 세 개 궁(宮)이 다시 야율초재를 따라 진군을 개시했다.

⚜

혈교, 산동성 동평으로 남하(南下) 중.

석가장의 석화당을 포함해, 물경 천여 명에 달함.

맹주의 권한으로 회합 소집.

내용은 신강 타격(打擊), 맹을 대표하는 수장들은 사할 이상의 인원을 통솔하여 서진(西進)할 것임.

내용을 모두 들은 남궁진이 입을 열었다.

"이런 말 드리기 외람되지만…… 미친 짓입니다."

"이미 가솔들은 맹으로 향하기 위해 바쁘게 움직이고 있다. 네가 이런다고 아비의 결정이 달라지진 않아."

"저대로 산동악가를 내버려 두자는데 동의한단 말씀이십니까? 우린 무신의 유언도 배신했던 가문입니다. 강호의 정기를 바로세운 악가가 무너지는 걸 대의가 있다는 이유로 또다시 무시하려는 것입니까!"

잔뜩 흥분한 남궁진의 눈동자를 보며 남궁문이 물었다.

"네가 이리 흥분한 것이 무엇 때문이냐? 악가의 존망이 걱정되어서이냐, 아니면 네 벗이 위험해질까 봐 두려워서이더냐?"

"둘 모두입니다. 악가는 무림이 지켜야 할 상징이 됐고, 악운 소가주는 제 유일한 벗입니다. 이제 대답이 됐습니까?"

"그럼 더욱더 신강 토벌에 참여해라."

"그게 무슨……."

"서신에는 악정호 가주가 우리에게 남긴 출정서도 함께 동봉되어 있었다."

"출정서……."

"직접 보거라."

남궁문이 건넨 서찰을 전해 받은 남궁진은 잠시 입을 다물고 글줄을 빠르게 읽어 내려갔다.

모든 것이 명료해진 순간에야 비로소 이 서찰이 전달될 터이니, 만약 여러분께서 이 서찰을 받게 되신다면 그것은 혈교 교주가 우리 가문을 궤멸시키기 위해 산동성에 진입했을 '때'라는 뜻일 것이오.

하나 우리 가문은 이미 진즉부터 이러한 일을 예상해 왔고 지금의 상황이 이 전쟁의 종지부를 끝낼 절호의 기회일 거라고 확신하오.

우리 가문이 혈교 교주와 그를 따르는 고위 인사들을 붙잡을 동안 부디 신강에 자리 잡은 그들의 근거지를 발본색원 해 주시오. 그곳에는 여전히 혈교의 뿌리를 지키고 있는 자들이 있을 것이오.

"맙소사……."
남궁진의 서찰을 잡은 손이 잘게 떨렸다.
"악가는 희생을……. 감수하겠다는 것입니까?"
"더 읽어 보거라. 아직 남았다."
남궁진은 남궁문의 말에 다시 남은 글줄로 시선을 돌렸다.

가문이 무너지던 때, 젊은 시절의 나는 내 부친의 뜻을 이해하지 못했소. 대의, 긍지, 소신 이따위 추상적인 것들은 그저 실리에 못 미치는 허울 좋은 소리라고만 생각했지. 하나 이젠 아니오.

내 부친이 가문을 걸고, 목숨을 걸고 지키려던 것이 무엇이었는지, 긴 세월이 지나고 나서야 알게 되었소. 그건…….

남궁진이 조용히 읊조렸다.
"신의(信義)……."

천하가 바로 서서 평안할 것이라는 믿음, 시련이 와도 다시
일어날 수 있을 거란 믿음, 당연한 질서와 온정이 힘에 짓눌리
지 않을 거란 믿음.
그 모든 믿음을 배신하지 않는 강호의 의리.
그것이 내 아버지가 악가가 지켜 왔던 모든 것이었소.
이 가시밭길이 우리 가문 홀로 걷는 길이라도 상관없소.
하나 그러지 않을 것임을 아오.
값진 평안(平安)은 우리 가문만의 것이 아닐 테니까.
뒤를 부탁하오.
나아가 봉문에 이르게 된 문파들에도 이 소식을 알리고, 그
들에게 정파의 편에 서서 싸우고, 자존심을 지킬 마지막 기회
를 주는 것을 제안하오.

툭.
남궁진의 눈에서 흐른 눈물 한 방울이 서찰 위에 떨어졌
다.
벅찬 감정이 온몸의 피를 타고 흐르는 기분이었다.

"아버님⋯⋯."

"그래."

"이것이⋯⋯ 정파입니까?"

"아비의 세대는 실패한 길이자, 네가 그 실패를 딛고 가야 할 길이지. 아비를 비롯한 선대는 이제 후대를 믿고 이 싸움의 종극을 위해 싸울 것이다. 이제 어찌하겠느냐."

남궁진이 소왕검을 탁자 위에 올렸다.

"기꺼이 평안을 위해 한 목숨 바칠 것입니다."

남궁문이 자리에서 일어났다.

"가자, 맹으로."

꽃

동평, 북쪽 평야.

'오는구나.'

백마를 탄 악정호는 뇌공을 쥔 채, 다가오는 혈교의 깃발을 응시했다.

혈교는 고요히 진군해 왔다.

북소리도, 함성도 없었다.

교주를 필두로 검붉은 피풍의를 걸친 자들 일천여 명이 병장기를 쥐고 평야에 진을 쳤다.

말고삐를 쥔 호사량이 말했다.

"인편을 통해 접한 대로 적들의 병력은 천여 명 수준에 이를 듯합니다. 본 가보다 삼백여 명이 더 많습니다."

"예상과 크게 다르지 않은 병력이로군. 전장을 이끌 고수의 숫자는 이쪽도 모자라지 않네. 열세만은 아니야."

"동의합니다."

팽팽해진 긴장감 속에서 악정호가 악운을 응시했다.

"운아."

"예."

"준비됐느냐."

악운이 흑마를 몰아 도열한 악가의 대대 앞에 섰다.

푸르륵!

투레질을 하는 말과 함께 악운이 고삐를 잡아당겼다.

"가지고 가거라."

악정호가 안장에서 꺼낸 붉은 탈을 악운에게 던졌다.

쒜액!

붉은 장포를 입은 악운이 날아온 뇌공 탈을 받아 들어 천천히 얼굴에 착용했다.

붉은 장포와 뇌공의 탈, 거기에 주작까지 챙긴 악운은 악진명의 현신처럼 보였다.

"가거라."

악운이 대답 대신 흑마를 몰아 엄청난 속도로 전장 한가운데로 튀어 나갔다.

악정호는 그 뒷모습을 바라보며 모든 제장들에게 소리쳤
다.

"북을 울려라! 단기접전이다!"

"단기접전이다!"

악정호의 고함 소리가 각 대대 수장들을 통해 번져 나가
며, 단기접전을 연호하는 목소리가 평야를 준동시켰다.

❧

"단기접전이다!"

"혈교의 교주는 앞으로 나서라!"

"산동악가의 소가주가 혈교의 교주에게 단기접전을 청했
다!"

지켜보던 사희는 아미를 찌푸렸다.

'교주님의 예상대로구나. 일부러 길을 열고 기다리고 있었
다는 것인가?'

미치지 않고서는 불가능한 일이었다.

교주는 탈마에 이른 지고한 존재.

무당 장문인 정도를 베었다고 해서 교주와의 단기접전을
넘본다는 것 자체가 어불성설이었다.

설사 교주의 말대로 악운이 천휘성이 다시 태어난 존재라
할지라도 이미 천휘성은 혈마에 의해 패배한 존재.

더구나 야율광의 몸을 통해 오랜 세월 모든 힘을 복원한 야율초재와 달리, 악운은 새로운 신체를 통해 다시 높은 경지에 도전해야 했다.

　시간도, 상황도 모두 불리했을 것이다.

　이건 그저 천휘성의 만용이자 객기였다.

　야율초재가 흑마를 몰아 악운을 향해 이동했다.

　"아무도 나서지 말라."

　"존명."

　동시에 야율초재는 악운이 기다리고 있는 전장을 향해 느긋하게 이동했다.

　다각. 다각. 다각.

　야율초재는 악운에게 가까워질수록 온몸의 솜털이 한 올 한 올 곤두서는 것을 느꼈다.

　가슴 한편에 자리 잡은 숙적에 대한 호승심이 온몸을 자극해 왔다.

　"일전에는 운이 좋았다, 천휘성."

　야율초재는 적당한 거리를 두고 마주한 후 말을 멈춰 세웠다.

　마주한 악운이 눈을 치켜뜨며 대답했다.

　"이제 내 이름은 천휘성이 아니야. 악운이지."

　"이름을 바꿔 지난 과거를 무시하려 한다 해도 네놈은 내게 이미 수많은 패배를 겪었다. 한계를 본 절망감이 사라지진 않을 게야. 넌 또 다시 울부짖고 고통스러워하겠지."

악운이 담담히 대답했다.

"맹(盟)은 신강으로 갔다. 너희의 오랜 터전이 되어 왔던 십만대산의 교도들을 모두 발본색원하고, 너희들이 해 온 악행을 모두 끝낼 거야."

"어리석구나. 천휘성. 아 악운이라 불러 주는 게 낫겠나?"

"……."

"네놈들을 제외한 정파의 위선자들이 신강으로 향할 것이란 건 진작 예상했지. 네놈이라면 같잖은 희생과 대의를 주장하며 그리하리라 보았으니……. 하나 그대로 두었다."

"어째서지?"

"남아 있는 교도들은 본교의 재건을 위해 너희 맹(盟)에서 보낸 자들과 함께 산화할 것이다. 폭혈공, 천지멸화독……본 교의 모든 수단을 동원할 것이고, 본 교의 성은 네놈들이 들어서는 순간 붕괴를 위한 진법 발동에 들어갈 것이니라."

악운은 온몸의 솜털이 곤두섰다.

"네놈들이 움직이길 기다려 온 것은 네놈이 아니라 이 몸이니라."

악운의 침묵 속에 야율초재가 광소를 터트렸다.

"그 한가운데에서 중원 무림의 상징이 된 네놈이 내 검 끝에 스러진다면 이것이야말로 중원에 군림하기 위한 최적의 시기가 아니겠느냐."

붉은 혈안을 일으킨 야율초재의 눈빛에는 확신에 도취된 자의 흥분기가 가득해 보였다.

악운은 조용히 주작을 말아 쥐었다.

"네놈은 여전해. 교도들은 네놈 하나만을 믿고 살아왔고, 오랜 시간 네놈을 위해 싸워 왔어. 내가 너라면 그런 무자비한 선택은 하지 않았을 거다. 네 군림을 위한 무자비한 자결이라니……. 대체 그게 무엇을 위함이지?"

"일인지하만인지상. 세상에는 천하를 굽어볼 단 하나의 존체만 있으면 되느니라. 이 몸이 있는 곳이 곧 교(敎)이며, 교도는 그런 교를 위해 존재하는 것이니……. 그러니 악운 네놈은 영원히 나를 쫓지 못하는 것이다."

악운은 조용히 눈을 감았다.

야율초재의 말대로라면 신강으로 향했을 수많은 정파인들은 이번 일로 또다시 큰 피해를 입게 되리라.

야율초재는 세대를 거쳐 더 잔혹해졌다.

그것을 간과한 것이다.

야율초재가 싸늘하게 미소 지으며 말했다.

"이번에도 네가 졌다, 악운."

"그 말…… 언제 들어도 적응 안 되는군."

모든 것을 포기하라는 야율초재의 권유는 이번 한 번만 겪은 게 아니었다.

여러 번의 패배 속에서 야율초재는 늘 그래 왔다.

포기하라고. 졌다고. 혹은 스스로를 의심하라고.

하지만 포기하지 않았고, 인정하지 않았다.

늘 스스로를 질타하고, 부족하다고 여겼다.

가진 것이 부족한 게 아니라 부족한 자질을 돌아봤다.

하지만 이제 와 생각해 보면…….

"패배했다는 그 말을 넘어서기 위해 어느 순간부터 나는 너에게 집착하고 있었지. 그래서 몰랐다. 너야말로 가장 약하고 부서지기 쉬운 인간이란 걸."

야율초재가 흥미로운 눈빛을 보였다.

"네가 깔아 놓은 패 중에 이 몸을 흔들어 놓을 패가 없다면 지금 이 모든 말은 허울 좋은 허장성세에 불과할 터인데?"

"맞아. 나는 신강으로 향한 여러 고수들을 지키지 못해. 그곳까지 내 힘이 닿지 못하지. 하지만…… 이곳은 아니야. 네가 말했지? 네가 곧 혈교고, 네가 무너진다면 혈교도 쓰러진다고."

"이미 현생에서조차 무너진 네놈이 무엇을 할 수 있겠느냐?"

"그거야 두고 보면 알 일이지."

"어리석구나."

"너는 늘 그랬지. 오만하면서 신중하고 완벽하려 하지. 하지만 모든 게 네 뜻대로 돌아가지는 않아. 이 모든 계획에는 네 승리가 전제로 깔려 있는 것이겠지. 그러나 그게 불가능해진다면 네 계획은 성립될 수 없어."

야율초재는 미소를 지었지만, 그 미소야말로 악운이 원했던 대답이었다.

그 찰나 야율초재가 화제를 돌렸다.

"슬프지는 않으냐? 어쩌면 그들이 죽는 것이 네놈이 그들을 떠밀었기 때문일지도 모를 터인데 말이야. 네놈은 놈들을 고무시키는 출정서를 썼겠지. 희생은 네놈과 악가가 하겠다고. 이 몸이 자리를 비운 사이에 십만대산의 끝을 보라면서 말이야……."

"그래. 그들을 보내지 말았어야 했어."

악운의 눈가에 비친 건 분명 눈물이었다.

"그래, 네놈 잘못이다. 네놈이 무기력했기에……."

"알아."

과거와 전혀 다른 대화 양상에 야율초재의 눈에 이채가 흘렀다.

악운은 야율초재의 침묵 속에 말을 이었다.

"인정해. 나는 부족하고 무기력해. 천하를 구할 영웅 같은 것도 아니야. 그저 내게 놓인 악연이나 끊으려고 발버둥 치는 사람일 뿐이야. 내가 만난 모두가 그랬지."

악운은 남궁가부터 등랑회, 그리고 나 소저까지 마주해 온 수많은 사람들을 떠올렸다.

그들은 세상이 준 시련 속에서도 스스로의 삶을 되찾기 위해 끊임없이 발버둥 쳤다.

그것이 많은 걸 변화시켰고, 악운에게 있어 감명을 줬다.

"오랫동안 지속되어 온 병폐 같던 전쟁을 마치고자 많은 이들이 책임과 희생을 각오했어. 나도 마찬가지야. 하지만 그 과정에서 그 누구도 죄책감을 가질 필요는 없는 거야. 그러니 누군가가 죄책감을 가져야 한다면……. 그 사람은 죄 없는 자들을 전장으로 밀어 넣은 너여야 한다, 야율초재."

야율초재의 눈썹이 미세하게나마 꿈틀거렸다.

심기가 불편해진 것이다.

"망상이 빚어낸 실패의 결과를 보여 주마."

"글쎄…… 천하의 혈교가 고작 악가 하나가 두려워 내원의 병력을 이끌고 이 앞에 서 있는 걸 봐. 야율초재 너는 이미 우리가 두려운 거야. 나는 모두에게 약조한 대로 오늘 네놈의 목을 가져가겠다. 그것이……."

악운이 주작을 고쳐 쥐며 말을 달렸다.

"내가 맡은 약조야."

"……."

그 순간 야율초재는 느끼고 있었다.

지금 상대하는 건 수많은 번민과 집착에 괴로워하며 결전에 집중하지 못했던 고독한 천휘성이 아니라, 천하의 구성원으로 참여한 자유로운 악운이라는 것을.

'하나 상관없다.'

야율초재는 손을 뻗어 검집에서 스스로 뽑혀 나온 혈룡검을 손에 쥐었다.

타악-!

평생을 따라잡지 못한 차이를 불과 몇 달도 되지 않아 따라잡을 방법은 기적뿐이었다.

마침내, 둘의 기마가 충돌했다.

콰아아앙!

놀랍게도 두 사람이 부딪친 공간은 두 개의 동경이 부딪쳐서 깨지는 것처럼 강한 일렁임을 일으켰다.

서로 흘려내는 기파(氣波)가 공간을 뒤흔든 것이다.

타고 있는 말까지 감싼 두 사람의 기파는 점점 더 극렬하게 충돌했다.

콰지지짓! 콰콰쾅!

마른하늘에 뇌성벽력이 울려 퍼졌다.

마치 반신의 싸움이 일어난 듯 그들이 부딪친 천지가 울부짖고 있었다.

"감히…… 만마 앞에 대항하는가."

주작과 맞닿은 혈룡검이 야율초재의 손을 떠나 더 깊숙이 전진했다.

수라혈천기(修羅血天氣) 파천사인(破天四印).

네 개로 갈라진 기파가 삽시간에 커다란 기둥과 같은 검으로 유형화됐다.

혈룡검을 중심으로 퍼진 그 네 자루 심검들이 굉음을 내며 악운에게 밀려들었다.

혈천마령검(血天魔靈劍) 흑일(黑日).

탈마에 이른 자의 검은 초식을 탈피하여 모든 걸 파멸할 광기로 가득했다.

청명하던 하늘, 태양, 바람 만물의 모든 것을 짓누르며 짙은 암흑 속에 가둬 버리는 일식처럼, 마주하기만 해도 질겁하여 굴복할 공포가 악운의 전신을 뒤덮었다.

사방이 가로막힌 어둠 속에서 야율초재의 음성이 지저의 악귀처럼 악운의 귀를 파고들었다.

"청벽야장 벽계동, 상청검제 진휴, 종남파의 우효성, 소요파의 부영, 그리고 네놈을 살리고 몸을 던진 네놈의 잘난 그 사부까지…… 너는 그 어느 것도 지키지 못했고, 앞으로도 그러하리라."

구구구, 콰콰콰콰!

일제히 밀려든 심검들이 악운의 온몸을 찢어발겼다.

놈의 심검은 쳐 내면, 그 마기가 여러 개로 나뉘어 더 많은 심검이 되어 쇄도했다.

시야가 점점 더 흑염의 심검들로 가득 찼다.

충돌할 때마다 밀려드는 거력은 갈수록 거세졌다.

마구잡이로 쇄도하고, 휘둘리는 게 아니었다.

혈교의 마공들이 가진 파괴적인 기운과 묘리가 매 충돌마다 심장을 비롯한 전신의 모든 사혈을 파고들었다.

위태롭게 서 있는 악운은 거대한 검은 태양 안에 갇힌 채 찢어발기는 듯한 형세였다.

사아아악! 콰지지짓! 펑! 펑!

악운이 할 수 있는 것은 그저 새장 안에 갇힌 새처럼 야율초재에게 농락되는 듯했다.

야율초재의 희열 섞인 광소가 더욱 커졌다.

"너는 빛 한 점 없는 두려움과 공포 속에 머무른 채 천천히 죽어 가리라."

그 순간 악운의 입술이 달싹였다.

"벽계동."

나지막한 그 음성이 들려온 찰나, 튕겨 나기만 하던 주작이 처음으로 심검을 통째로 베어 냈다.

사아아악!

"그를 구하지 못했지만, 네 손에서 모야루를 구해 냈어."

악운의 주작에서 강렬한 광채가 흘러나오며 날아온 십 수 개의 심검을 통째로 가르고 지나갔다.

뒤이어, 악운의 반대쪽 손에서 흑룡아가 뻗어졌다.

콰콰콰!

그 끝에 진한 매화 형태의 기류가 소용돌이처럼 악운을 타고 흐르며, 다시 날아든 심검의 파도를 갈라 냈다.

매화태형검(梅花太形劍) 자하신목(紫霞神木).

콰아아아!

"진휴. 그가 남긴 청명을 지켰고, 청명이 화산을 재건했어."

악운은 어느새 야율초재가 일으킨 거대한 마기(魔氣)의 감옥을 헤쳐 나오고 있었다.

타탁-!

악운이 전진하자 야율초재가 일으킨 마기의 역장이 크게 흔들렸다.

북해빙궁, 남월야수문, 비타채를 비롯해 실전된 수많은 마공들이 악운의 발걸음을 막아 세웠다.

콰아아아!

눈 깜짝할 새 펼쳐진 수왕의 절기가 그 앞을 가로막고, 소림의 굳건함이 남월야수문의 격렬함을 통제했으며, 비타채의 집요한 예기(銳氣)를 점창의 빛이 내리 갈랐다.

"수왕은 후예를 남겼으며, 우 형의 각오는 내게 전해졌고."

동시에 눈앞에서 모래바람처럼 흩어진 심검이 사이한 환영을 일으켰다.

그 환영은 마치 실제와 같이 수백 명의 인영(人影)을 만들어냈다.

수준 낮은 환영진 같은 게 아니었다.

사이한 마공이 깃든 심의(心意)가 영혼을 어지럽히고 있었다.

―살려 줘.

　―너 때문이야. 천휘성.

　―네놈이 제때 와 주기만 했더라도…….

　살리지 못한 수많은 얼굴들. 그건 천휘성이 지닌 아픔과 고통, 아쉬움이 빚어낸 환영이었다.

　하나 악운은 멈추지 않았다.

　"부영 노야의 가르침이 내 곁에 머무니……."

　반명경(反銘鏡)을 기반으로 한 곤륜파의 기공과 태양명왕공(太陽明王功)이 일우 안에서 조화롭게 펼쳐졌다.

　번쩍! 구구구구…….

　악운의 내면을 흔들었던 의심과 미혹의 거울이 일그러지듯 무너졌다.

　어느새 붕괴된 공간 사이로 악운의 주작이 야율초재의 지척까지 도달했다.

　"내 사부의 죽음을…… 네놈 입에 담지 마라. 그분의 끝은 장엄했다."

　―네가 해 온 수많은 선택과 노력이 결실을 맺어 네가 더 나은 삶으로 나아가리란 걸 알려 줄 거야. 잡는 게 아니 이미 네게 스며드는 게지, '계기(契機)'로써.

악가의무신

화아아악!

악운이란 일우(一宇)에 깃든 건 그저 만물을 관통하는 깨달음만이 아니었다.

그가 겪어 온 사람들의 고통과 가르침 그 모든 것이 집약되어 있는 '삶' 그 자체였다.

콰아아앙!

어느새 악운의 양손을 떠나간 흑룡아와 주작은 혈룡검과 허공에서 보이지 않을 만큼 빠르게 격돌했다.

콰콰콰!

지상에서는 지척에 달한 악운과 야율초재의 장영(掌影)이 서로를 향해 해일처럼 밀려들었다.

이제 악운의 일장에 담긴 심의는 결코, 야율초재의 뒤를 쫓는 것이 아니었다.

태양정을 관통하고, 만물을 이해한 자의 일수(一手)였다.

"소림."

전대 방장을 거쳐 악운에게 전해져온 천년소림의 역사가 야율초재의 손등을 꺾고 그의 가슴을 때렸다.

콰아앙!

야율초재가 처음으로 크게 흔들리며 입을 작게 벌렸다.

"크흡!"

하나 밀려나지 않고 금세 균형을 되찾은 야율초재의 앞으로 악운의 위엄 서린 음성이 이어졌다.

"곤륜."

고고한 기상이 담긴 몸놀림이 야율초재의 눈을 희롱하며, 대각선에서 그의 어깨를 두드렸다.

사아아악!

처음으로 뒷걸음질 친 야율초재는 반항할 틈도 없이 악운의 쌍장을 마주했다.

"화산, 점창, 제갈……."

천휘성에서 악운까지 내려온 수많은 무공들은 그저 무공이 아니라, 그들이 악운을 통해 전한 심의(心意).

그오오오오!

야율초재는 어느새 양손이 꺾인 것을 느끼며, 황급히 뒤로 물러섰다.

하지만 물러서는 만큼 쫓아온 악운의 장영(掌影).

'말도 안 돼. 이럴 순 없다.'

야율초재는 밀려드는 장영을 보며, 처음으로 공포란 것을 느꼈다.

아니 공포를 느끼고 있다는 것조차 제대로 인지할 수 없었다.

하지만 공포보다 더 앞선 감정은 지독한 패배감이 가져오는 두려움이었다.

'이 몸이 질 리가 없다. 이 몸의 힘을, 혈교를 놈이 버텨낼 리가…… 없거늘……!'

악귀의
무신

야율초재는 그 순간 마음속에서 무언가 강한 줄이 툭 끊기는 것 같은 환청을 들었다.

그건 그를 오랜 세월 버티게 한 '완전무결' 그 자체였다.

교주는 완벽해야 했다.

완전해야 했다.

패배해서는 안 됐다.

"으아아아!"

그 끔찍한 현실 앞에 야율초재는 목 놓아 비명을 질렀다.

동시에 악운의 장력이 야율초재의 가슴을 짓누르며, 거세게 휘몰아쳤다.

콰콰콰콰콰!

마기로 빚어낸 흑일(黑日)의 공간이 야율초재의 몸을 관통하여, 강렬한 빛과 함께 기둥처럼 솟아올랐다.

콰지지짓! 콰아악!

강렬한 통증이 살을 헤집었고, 뼈를 통째로 파괴했다.

수라혈천기를 통해 펼치는 혈룡린(血龍鱗)도 소용없었다.

모든 방어 수단이 무용지물이 됐다.

퍼퍼퍼펑!

야율초재는 반항할 틈도 없이 밀려드는 장영과 권영에 눈이 함몰되고, 팔다리도 기형적으로 꺾였다.

더 이상 버티는 것은 무의미했다.

하나 야율초재는 이를 악물었다.

패배감, 모욕감, 치욕감이 머릿속을 지배하며 그를 광기로 몰아넣었다.

'놈을…… 놈을 죽이자. 죽여야 한다!'

지근거리에 있는 지금이라면 몸 안에 자리 잡은 마혼단을 통해 이 일대를 날려 버릴 폭혈공을 펼칠 수 있었다.

대대로 내려온 마혼화(魔魂化)라면 충분히 가능했다.

마혼단은 역대 교주들의 힘이 응집된 영력, 깨지는 순간 그 여파는 평야의 절반이 날아갈 만큼 강력하리라.

'그것마저 네놈이 감당할 수 있을까? 아니, 감당할 필요도 없이 이 자리에서 소멸되겠지.'

야율초재는 함께 죽어 갈 악운의 모습을 떠올리며 희미해져 가는 의식을 다잡았다.

그 순간 예상 못한 한 줄기 음성이 야율초재의 의식을 방해했다.

－뜻대로 되겠소?

－네놈은…….

－나는 본래 이 육신의 주인, 마혼단의 다음 계승자. 당신의 영혼이 약해진 지금이라면 아비에게 버림 받은 자식의 마지막 발악 정도는 가능하다오.

－안 된다. 너는 교를 위해…….

－핑계는 됐소. 나 역시 교주, 내가 없는 교는 무너지는

것이 마땅하고, 내가 통제하지 못할 육신은…… 소멸시켜
버리는 게 이치요.

　─아, 안 된다!

"꺼허어어억……!"

야율초재의 희미한 비명이 들린 찰나.

"후우, 후우……."

악운은 혼신을 다한 마지막 권영을 뻗기 직전에 잠시 움직
임을 멈췄다.

눈앞의 야율초재의 육신이 마치 산이 일제히 붕괴하듯 뼈
와 살점이 쪼그라든 것이다.

마치 공간 한곳에 온몸이 빨려 들어가는 것 같은 모습이
었다.

악운은 메마른 밀랍 인형처럼 변해 버린 야율초재의 최후
를 보면서 말없이 거칠어진 호흡을 다스렸다.

오랜 세월 패배해 왔던 수많은 기억들이 스쳐 지나갔다.

패배는 현생에서마저도 있었다.

하지만 결국 최후에 이곳에 서 있는 사람은 야율초재가 아
니라 악운 자신이었다.

"드디어……!"

오랜 숙적의 죽음 앞에 악운은 두 눈이 뜨겁게 차오르는
것을 느꼈다.

사부의 기억이, 진휴의 기억이, 천휘성을 통해 지나온 수많은 기억들이 악운의 눈에서 눈물을 흐르게 했다.

그를 죽인 통쾌함보다는 끝났다는 안도감이 더 크게 느껴졌다.

하지만 악운은 서둘러 눈물을 닦았다.

모든 기운을 다 쏟아 싸웠지만 아직 해야 할 일이 남았다.

때마침 기파로 인해 흩날리던 흙먼지가 서서히 가라앉아 갔다.

'아직…… 해야 할 일이 있어.'

악운은 흑룡아를 다시 차고는 주작도 고쳐 쥐었다.

이미 손 하나 까딱하기 힘들 만큼 전력을 쏟아부었지만 모두에게 건재한 모습을 보여야 했다.

늘 그래 왔다.

한계를 넘는 모습.

그것이 가문의 사기를 고양시킬 것이다.

주작을 치켜 든 악운을 확인한 노르가 전장이 떠나가도록 소리쳤다.

"서 있소! 소가주가 서 있단 말이오!"

뒤따라 평소 차분한 언성운조차도 흥분한 눈빛으로 소리

쳤다.

"교주는 쓰러졌습니다! 혈교의 교주 야율초재가 무너졌습니다!"

사방에서 터져 나오는 경탄과 환호성 속에 호사량은 눈을 부릅떴다.

'일천(一天)이…… 무너졌다. 소가주가 해낸 거야!'

의심하지 않았다.

하나 의심하지 않는다고 하여 걱정이 사라지는 것은 아니었다.

그러나 소가주는 그 의심마저 사치였다는 듯, 완벽히 건재한 모습을 보였다.

이제 누가 뭐라 해도 소가주는…….

"천하제일인……. 천하제일인이 됐어."

말도 안 되는 어설픈 꿈처럼 보였던 그 일들을, 악운은 결국 해내고 말았다.

호사량의 중얼거림 속에 백훈이 말했다.

"이봐, 문사."

"그래."

"이제 다음을 준비해야 해. 소가주는 지금 간신히 서 있는 건지도 몰라. 일단 소가주부터 전장에서 빼내야 해."

그 얘기를 들은 찰나 호사량은 뜨거웠던 머리가 차갑게 식어 가는 것을 느꼈다.

함께 고무되어 흥분할 때가 아니었다.

호사량이 말을 몰아 악정호에게 다가갔다.

"가주님! 어서 진군을 명해 주십시오! 멍하니 시간을 끌 때가 아닙니다!"

"각주의 말이 맞소!"

악정호가 고개를 끄덕인 후 뇌공을 치켜들려던 그때였다.

전장의 반대편에서 혈교의 무리들이 일제히 악운에게로 돌진했다.

악가보다 훨씬 빠른 대처였다.

그들 역시 지금이야말로 악운을 제거할 마지막이자 절호의 기회인 것을 눈치챈 것이다.

두두두두!

사희를 선봉으로 한 혈교 내원의 수장들이 일제히 쩌렁쩌렁한 일갈을 터트렸다.

"악가보다 먼저 당도해야 한다! 어서 교주님을 상대한 자의 목을 베어 와라! 놈 역시 제대로 서 있기 힘들 것이니라! 놈을 베지 못하면 교의 미래도 없다!"

일제히 악운 하나를 위해 천 명이 질주하는 모습은 보기만 해도 압도되는 광경이었다.

악운은 조용히 눈을 들었다.

이미 서로 타고 온 말은 싸우는 중에 양단되어 죽었다.

도망칠 수단도, 그럴 만한 힘도 남아 있지 않았다.

뒷일도 고려하지 않았다.

길고 긴 악연을 끝내기 위해 혼신을 다했을 뿐이다.

오랜 세월 천하를 지배한 포악한 혈교의 어둠은 이제 밀려날 때가 왔다.

"설사 내가 죽는다고 한들…… 흐름은 거스를 수는 없어."

오히려 악운은 고쳐 쥔 주작을 들고 다가오는 군마(軍馬)를 향해 걸음을 내디뎠다.

그때였다.

저 멀리 평야 북서쪽에서 뿔피리가 울려 퍼졌다.

부우우웅!

동시에 땅이 울리기 시작했다.

쿵! 쿵! 쿵!

쇄도하던 혈교의 후방에서 비명이 터져 나왔다.

서쪽 방면이었다.

"으아아악! 기습이다!"

"크허헉! 소림…… 소림이다! 백팔나한이다!"

삽시간에 혈교 후방 전열을 붕괴하며 말을 몰려온 것은 놀랍게도 신강으로 향했어야 할 소림의 승려들이었던 것이다.

"사대금강은 혈교의 악적들을 처단하고, 백팔나한은 나를 따르거라!"

이성(二聖) 달천과 함께 모습을 드러낸 경갑 차림의 소림승들의 선두에는 최고수들로 구성된 사대금강과 십팔나한이 있었다.

그들은 각각 십계관(十戒館)의 승려들을 이끌고 중열까지 질주했다.

수장들이 선봉에 밀집된 혈교로서는 진군을 멈칫할 만큼 거대한 변수였다.

"계속 가시오! 뒤는 나와 궁주가 맡겠소이다!"

혈명회의 오추가 혈랑궁 궁주 오범과 함께 빠르게 후방으로 말머리를 돌렸다.

사희는 얼마 남지 않은 거리에 있는 악운을 노려봤다.

'이런⋯⋯! 이게 대체 어찌 된 일이란 말인가! 또 악가 놈들의 계책이었던 말인가?'

믿기 힘든 상황이었지만 사희의 선택지는 이제 단 하나밖에 없었다.

"목숨을 불사하더라도 저놈의 목은 반드시 가져가야 한다! 계속 돌진하라!"

사희가 다시 고삐를 잡아당기며 말을 달리게 한 순간.

심마궁의 이각이 눈을 부릅떴다.

"하북팽가의 깃발입니다!"

동시에 북서쪽 부근에서 하북팽가가 중열의 좌익으로 돌진해왔다.

요마궁의 시하도 권태로운 눈빛을 지우고 긴장된 기색을 보였다.

"하북팽가만 있는 것이 아니에요!"

그 외침대로 질주하는 하북팽가의 옆에는 제갈세가의 깃발이 흔들리고 있었다.

두두두두!

땅이 울리며 이번에는 남쪽 부근에서 수많은 말이 등장했다.

펄럭-!

휘날리는 깃발 밑에는 푸른 견폐를 휘날리고 있는 중년인이 푸른 검신을 드러내고 있었다.

남궁문과 그 옆에서 소왕검을 치켜 든 남궁진이었다.

"남궁세가여! 청명한 하늘이 열릴 날이 머지않았다. 개천하는 시대의 흐름에 합류하라! 나 남궁문이 그대들의 선봉에 설 것이니라!"

"모용세가는 남궁세가와 함께하라!"

모용가 가주의 보좌까지 받으며 등장한 남궁세가의 위용에 더 이상 사희는 진군을 명할 수 없었다.

평야에 나타나는 정파의 수뇌들이 점점 더 늘어났다.

연이어 악가의 혈맹인 황보세가가 등장했고, 청명을 필두로 한 화산의 매화검수들 역시 제때 도착했다.

당금 한데 모이기도 힘든 고수들이 한 자리에 모인 것도 모자라, 그들의 정예 대대가 모두 돌진을 시작한 지금…….

이를 악다문 사희가 모두에게 노성을 터트렸다.

"적진의 포위를 뚫기에는 늦었느니라. 한 놈이라도 더 안고 저승길로 가거라! 나는 악운 저놈을⋯⋯!"

하나 몇 차례 주저할 동안 악가의 명마(名馬)들은 어느새 벼락처럼 악운 주변을 둘러싸며 벽처럼 진을 치고 있었다.

그 한가운데.

뇌공을 고쳐 쥔 악정호가 이글거리는 눈으로 사희를 노려봤다.

"끝이다, 혈교여."

"악가! 네놈들의 목이라도 가져가 주마!"

사희를 비롯한 혈명회의 남은 장로들이 일제히 말을 박찼다.

동시에 이각이 길을 열기 위해 심마궁을 향해 부르짖었다.

"회주님께 길을 열어 드려라! 정파 놈들이 한 놈도 다가오지 못하게 하라!"

황급히 사희를 보좌하기 위해 말을 움직인 이각의 앞으로 한 여인이 일갈을 터트리며 쇄도해 왔다.

"입 다물어!"

순식간에 쇄도한 현비는 전보다 훨씬 강해진 검격으로 심마궁을 파고들었고, 그녀와 함께 온 개방의 두 장로가 개방도와 함께 심마궁의 진로를 막아섰다.

"황룡타구진을 펼쳐라!"

"공녀를 따라라!"

시기적절하게 무당의 반란을 막아 냈던 도 장로와 황 장로가 개방도를 이끈 채 합류했다.

그들을 뒤따라오던 십수 기마가 그 사이로 빠르게 질주했다.

"방주님을 따르라!"

"이제야말로 악가의 은혜를 갚을 때가 왔다!"

놀랍게도 그 선두에는 화정방(花正房)이라는 방파의 수장이 된 나은신의 모습이 보였다.

여립도 그 곁에서 그녀를 따라 시원하게 웃고 있었다.

악운과의 수많은 인연들이 모두 한자리에 모인 것이다.

"이런……!"

이제 모든 정파 고수들에 의해 발이 묶이게 된 혈교 병력은 아무도 사희를 보좌하지 못했다.

오로지 사희를 포함한 네 명의 장로만이 말을 치달아 악가를 향해 질주할 뿐이었다.

"이대로…… 무너지는가……?"

이각은 헛웃음을 흘렸다.

'한 세대를 거쳐 기다려 온 복수의 끝이 이토록 허망할 줄은 생각도 못했건만……. 고작 단 한 가문, 하나의 존재로 인해 모든 것이 무너질 줄이야.'

이각은 저 멀리서 새로운 말에 올라타는 악운을 응시했다.

"기어코 내 모든 것을 앗아 가는구나. 천휘성."

이를 가는 이각의 눈에서 피눈물이 흘러내렸다.

그런 이각의 앞으로 엄청난 수의 기마들이 해일처럼 충돌했다.

두두두.

퍼어어억!

⚜

사희는 한 명씩 추돌해 대열에서 이탈하는 장로들을 스치듯 응시했다.

악가에서 질주한 양경, 백훈, 백홍휴가 나머지 세 명의 장로와 추돌하며 그들의 진군을 막았고, 이제 홀로 달리고 있는 건 사희뿐이었다.

다각, 다각.

사희는 어느 순간 홀로 남아 말을 멈춰 세웠다.

악가의 기마들 사이로 밀랍처럼 변해 버린 야율초재의 몸이 보였다.

온몸을 다해 모신 교주의 끝을 보니 허무했고 슬펐다.

말을 몰아 온 악정호가 물었다.

"투항할 텐가?"

그 반문에 사희는 조용히 검을 고쳐 쥐었다.

"그리 보이느냐?"

"아니, 그러지 않길 바랐다."

"잘되었구나. 악가 가주 네놈의 목이라면…… 죽어서도 교주님을 뵐 낯이 있겠지."

"내 부친께서는 오늘만을 기다리셨을 것이다."

"오냐."

사희와 악정호가 서로를 향해 말을 달렸다.

콰짓!

악정호의 뇌공과 사희의 검이 서로의 말을 스치며 부딪쳤다.

펑!

그 기파에 떠밀린 말들이 동시에 서로의 반대편에서 고꾸라졌다.

콰콰쾅!

악정호가 말에서 튀어 올라 바닥에 착지하는 찰나.

사희가 먼저 먼지바람을 뚫고 검을 뻗어 왔다.

퍼퍼퍼펑!

화경에 이른 두 사람의 공방전이 서로의 잔영을 부수며 일었다.

백 세 가까이 살아온 노마(老魔)의 발악은 파괴적이고, 강렬했다.

사아아악!

그 순간 미묘한 가루가 악정호의 눈과 귀를 어지럽히자 마주하던 상대가 사희가 아닌 악진명의 모습으로 바뀌었다.

이성이 가짜라고 생각했지만 감정이 말을 듣지 않았다.

의심과 미혹이 머릿속을 헤집자 휘두르던 뇌공이 조금씩 무거워졌다.

"아들아, 나를 베려 하느냐?"

"닥치거라, 이 요마여!"

환혹을 일으키는 미염공(美艶功)이 틀림없었다.

하나 창이 점점 무거워지는 것을 보니 악정호가 알던 미염공과는 차원이 달랐다.

"크읏……!"

점점 사희의 검을 받아 내는 게 버거워지던 그때.

─아버지, 마지막 힘을 짜낸 전음이에요. 잘 들으세요. 태양진경은 본래 순리를 좇고, 파사(破邪)를 삼키는 기공이에요. 아버지가 익히신 홍양진기는 어디에서 비롯된 것이었죠?

그 질문을 들은 순간.

악정호는 미혹 속에서 몸 안에 흐르는 기운에 집중했다.

'운이의 말대로야.'

흔들리지 않는 굳건한 긍지의 염화(炎火)가 가슴을 채우고, 고양감이 창끝에 서렸다.

"대 악가의 가주가 이깟…… 사이한 사술에 놀아날 것 같으냐!"

한쪽 무릎이 꿇릴 만큼 검에 짓눌려 있던 악정호의 창이 다시 한 번 거센 기파를 일으키며 사희의 검을 밀쳐냈다.

쿠아아앙!

강한 기파가 휘몰아치며 악진명의 모습을 한 사희의 얼굴이 다시 본래의 얼굴로 나타났다.

콱!

진각을 밟고 악정호는 다시 창을 뻗었다.

아버지의 세대를 거쳐 악가의 재건을 이뤘고, 혈교의 패배를 중원에 부르짖기 위해 많은 시련을 지나왔다.

암천광영창(暗天光榮槍) 구홍(九紅)!

악정호는 암흑과 같았던 지난 세월이 창끝에 스쳐 가는 것을 느꼈고, 일제히 온몸의 솜털이 예민하게 곤두섰다.

"부러질지언정 휘지 않는 것이 악가이니라!"

암천광영창(暗天光榮槍) 태일(太一).

당평의 만천화우를 무너트렸던 악가의 진수가 악정호의 뇌공을 타고 사희의 검격을 내리 갈랐다.

콰아아아악!

사희의 눈이 시퍼렇게 물들었다.

빠른 속도로 젊음을 잃어 가기 시작한 그녀는 늘어 가는 주름살만큼 악정호의 모든 창격을 일거에 소멸시켰다.

"모든 것을 내건 것은 네놈만이 아니니라!"

요천지혈검(妖天至血劍) 화화지래(火花之來).

이기어검을 일으킨 그녀의 압도적인 검세는 터져 나온 용

암처럼 격렬했으며, 일대의 공기를 거세게 내리 눌렀다.

뇌공이 당장 부러질 것처럼 낭창하게 휘었다.

검을 쳐 내는 악정호의 전신에도 상처가 늘어 갔다.

하지만 악정호는 밀려날 것처럼 밀려나지 않았다.

계속해서 한 걸음을 내디뎠다.

무너질 것 같은 고통과 두려움 속에서 악정호는 악진명의 목소리가 환청처럼 흩날렸다.

출정 직전의 그날처럼.

―아들아. 언젠가 네가 악가의 가주가 될 날이 온다면…….

―무슨 말씀이십니까? 아직 아버님께서 살아 계시고, 형님들께서도…….

―듣거라.

―아버님…….

―그 날이 온다면, 너는 능히 그 운명을 받아 낼 각오가 있느냐? 대답하거라, 각오가 되었느냐?

―저는…….

끝까지 대답하지 못했었다.

그날이 아버님을 마주할 마지막 날인지도 모르고, 그날이 유언이 될 줄은 꿈에도 모르고…….

악귀의
무신

'너무 늦었습니다! 아버지.'

사희의 검을 부딪치는 악정호의 눈에서 화광(火光)이 피어올랐다.

이미 아버지의 경지를 넘어선 지는 오래였다.

이젠 그 이상이 필요했다.

암천광영창(暗天光榮槍), 광명도래(光明到來)

악정호의 뇌공이 그 어느 때보다 새하얀 광휘를 일으키며, 수천 갈래의 창격이 대지를 준동시켰다.

콰아아!

그 창격은 사희의 검에서 피어오른 모든 검영을 지우고 갈랐다.

그 한가운데 악정호의 손을 빠져나온 뇌공이 혜성처럼 사희를 관통했다.

전장을 압도하는 섬광이었으며, 종전을 선언하는 일점(一點)이었다.

❧

탁.

건봉효는 마지막 책장의 글줄을 써 내려가며, 서른두 권에 달하는 책의 종장을 끝마쳤다.

"제목은 무엇으로 하시려고요?"

어느새 미부(美婦)가 된 현비가 눈웃음을 지으며 물었다.

"글쎄다…… 허허, 영웅들의 이야기이니. 영웅로가 어떻겠느냐?"

"유치하네요. 장엄하기도 하고."

"너라면 그리 말할 줄 알았다."

"하지만 이미 오래 전부터 그 제목을 고려하신 거지요?"

"암."

건봉효는 눈웃음을 지으며, 책자 겉표지를 주름진 손으로 쓸어내렸다.

"네 남편은?"

"당연히 동평에 있죠. 잠시 숙부 보러 온다고 애들 봐주고 있어요."

"태량 그놈이 잘해 주디?"

"숙부보다 훨씬요."

"그럼 됐다."

씨익 웃은 건봉효는 그동안 있었던 일들이 스쳐 지나갔다.

결국 혈교의 악가 침략은 실패했다.

악가의 활약이 가장 컸지만 소림을 비롯해 악가를 위해 나선 문파들 덕분에 피해를 최소화할 수 있었다.

그 이면에는 방장 스님, 달천의 노력이 있었다.

─이번에도 악가를 저버린다면 소림은 더는 태산북두라는 명성도, 자비를 위해 싸운다는 명분도 지닐 수 없을 게요.

달천을 비롯해 당시 전장에 합류했던 수많은 문파들은 혈교의 내원 세력과 교주를 모두 멸절시켰다.

그곳에 참여하지 않은 세력들은…… 모두 신강으로 향했다.

아집과 욕심 때문이었다.

앞으로 봉문에 들어가야 한다는 제약에서 조금이나마 자유로워지기 위해 금정회에 속한 문파들은 악가를 돕기보다는 신강으로 향하여 혈교의 보물들을 탐냈다.

그 결과는 영원한 파멸이었다.

금정회에 속했던 문파들은 그들을 지탱하던 대부분의 세력을 신강에서 잃어버렸고, 전승되었어야 할 무공마저 모두 소실됐다.

그리고…… 무림맹이 재건됐다.

벌써 스무 해가 가까워져 가는 오래 전의 일이었다.

"한 달 후에 맹주 취임식이 있다지?"

"네, 그래서 제 남편도 덩달아 바빠졌어요."

"응당 그러겠지. 주군이 맹의 맹주가 되는 것이니까……."

"소가주는 잘해 낼 거예요."

"소가주가 뭐냐, 소가주가? 벌써 그 친구가 가주가 된 것이 언제 적 일인데."

"편한 대로 부르는 게 뭐 어때서요?"

"쯧쯧, 철들기는 멀었구나."

"같이 참석하실 거죠?"

"다 늙은 노인네가 뭐 하러? 됐다, 이제 책도 마무리 지었으니 금분세수나 준비해야지."

"대체 책은 왜 쓰신 거예요?"

건봉효가 눈웃음을 지었다.

"기억해야지, 누군가는……."

한 달 후 하남성 낙양. 무림맹 총본산.

쿵! 쿵! 쿵!

북소리 속에서 엄청난 환호성이 울려 퍼지고 있었다.

다시 지어진 태양전(太陽殿) 앞은 이미 인산인해였다.

발 디딜 틈도 없을 정도로 수많은 사람이 몰려 있었다.

한데 모이기 힘든 명문가와 명문 문파의 고수들도 미리 마련된 단상에 모여 있었다.

그들의 시선이 향한 곳은 한가운데 놓인 가장 높고 커다란 단상. 새로 맹주로 취임하게 될 악운이 전각의 입구와 연결된 계단을 통해 오를 예정이었다.

"휘유, 많이도 왔네."

반백의 중년인이 된 백훈이 다가온 호사량에게 말을 걸었다.

　"응당 그렇겠지. 고금제일인이라 불리는 가주님이신데. 네놈의 생일잔치처럼 그리 초라하겠느냐?"

　"빌어먹을 문사 놈이……. 다들 바빠서 못 온 거라니까 그러네."

　"호오, 과연 그럴까?"

　"그 와중에 네놈 혼자 온 건 네놈만 한가해서겠지."

　"이래서 잘해 주면 기어오른다는 얘기가 있는 거다."

　이제 장성한 청년이 된 예랑이 두 사람을 향해 빠르게 다가왔다.

　"숙부님들, 언제까지 그리 싸우실 겁니까?"

　두 사람이 동시에 대답했다.

　"안 싸워."

　"놈이 일방적으로 귀찮게 구는 것뿐이다. 흥!"

　예랑은 멀찍이서 웃고 있는 언성운을 보며 어깨를 으쓱였다. 그의 곁에는 의지와 제후를 비롯해 악로삼당의 형제들이 신장처럼 머무르고 있었다.

⚸

　동경이 있는 방에서 악운은 자신이 화려한 용포를 입는 것을 돕는 아내를 응시했다.

"직접 입어도 되는데 말이오."

"상공께서 맹주에 취임하시는 건데 아내가 손 놓고 있을 수 있나요?"

세월이 지나 악운의 아내가 된 황보연이 눈웃음을 지으며 그의 옷매무새를 다듬었다.

"어제 아버님과 많은 말씀 나누셨어요?"

"말도 마시오. 낯 뜨거워 죽는 줄 알았소."

어젯밤 악정호는 오랜만에 한데 모인 여러 인사들 앞에서 아들 자랑만 수천 번을 하다 술에 취해 그대로 곯아떨어져 버렸다.

"풉……! 사실 저도 들었어요. 그래도 아버님께서 상공을 얼마나 사랑하는지 누구보다 잘 아시잖아요."

"알다마다. 물론 당신도."

악운은 황보연의 볼을 부드럽게 쓰다듬어 준 후 마지막으로 동경을 응시했다.

그 순간, 희미한 빛이 동경 안에서 흐르며 하나의 글귀가 악운의 눈에 들어왔다.

금령(金靈).

'대체…….'

일우(一宇)에 이르러 점점 그 한계를 짐작하기 힘든 혼자만의 수련을 시작한 후.

악운은 가끔씩 마치 환영 같은 글자를 마주하게 됐다.

환영, 환각, 혹은 미혼술도 아니었다.

오히려 저 글씨에서는 만물의 근원과 흡사한 향기가 느껴졌다.

오죽하면 황보연에게도 가끔 물어볼 지경이었다.

"부인. 혹시……."

"이번에도 못 봤어요."

"그렇구려……."

"본다면 꼭 말씀드릴게요."

황보연이 걱정스럽게 악운의 어깨를 쓸어내렸다.

악운은 조용히 눈을 내리 깔고 골을 짚었다.

하다하다 요즘에는 꾸지 않던 꿈을 꾸기까지 했다.

형체조차 희미한 그 그림자는 말했다.

　-곧 만나게 될 거야, 친구.

……라고.

"상공, 이제 가야 할 시간이에요."

"알겠소."

잠시 상념에 사로 잡혔던 악운은 다시 고개를 들어 아내의 말을 따라 밖으로 이동했다.

　무엇이 됐건 오늘을 사는 것이 그에게는 가장 중요했다.

　그러기 위해……

　악가를, 맹을, 그리고 천하를 재건했으니까.

　와아아아아!

　천하가 그를 기다리고 있었다.

《악가의 무신》 마칩니다

사령왕 카르나크

임경배 판타지 장편소설

공정거래위원회

현우 현대 판타지 장편소설

**중소기업 후려치던 인간 탈곡기
공정거래위원회 팀장이 되다!**

인간을 로봇 다루듯 쥐어짜며
갑질로 무장한 채 한명그룹에 충성을 바쳤지만
토사구팽에 교통사고까지 난 성균
깨어나 보니 다른 사람의 몸이다?

새로운 몸으로 눈을 뜨고 나자
비로소 갑질당한 그들의 눈물이 보이는데……
이번 생엔 그 죄를 참회할 수 있을까?

**죽음의 문턱에서 얻은 두 번째 삶!
대기업의 그깟 꼼수, 내 눈엔 다 보여!**

빌런 경찰 이진우

이해날 현대 판타지 장편소설

『어게인 마이 라이프』작가 이해날의
뒷목 잡는 특제 막장 복수극이 펼쳐진다!
『빌런 경찰 이진우』

인수합병을 통해 굴지의 대기업 진백을 세운 백동하
임종의 순간, 믿었던 가족과 친구에게 배신당하고
과거와 미래를 보는 능력을 가진 경찰 이진우로 깨어나다!

배신자들에게 지옥을 보여 주기로 결심한 진우는
특별한 능력과 기업사냥꾼으로서의 지식을 활용해
경찰로서 진백을 공략하기 시작하는데……!

전직 회장이 보여 주는 기업사냥의 진수!
상상을 뛰어넘는 대기업 흔들기가 시작된다!

꿈의 도약, 로크에서 하십시오
(주)로크미디어에서 신인 작가를 모십니다

즐거운 세상, 로크미디어는 꿈을 사랑하고 도전을 두려워하지 않는 작가 분들의 참신한 작품을 기다리고 있습니다. 21세기 장르 문학계를 이끌어 갈 차세대 선두 주자 (주)로크미디어에서 여러분의 나래를 활짝 펴 보시길 바랍니다.

모집 분야 판타지와 무협을 포함한 장르 문학
모집 대상 아마추어 작가, 인터넷 작가
모집 기한 수시 모집
   작품 접수 시 유의 사항
    1. 파일명은 작가명_작품명.hwp형식을 갖춰 주십시오.
    1. 파일에 들어갈 내용은 다음과 같습니다.
      — 성명(필명인 경우 실명을 밝혀 주세요), 연락처, 이메일 주소
      — 제목, 기획 의도
      — A4용지 1장 분량의 등장인물 소개
      — A4용지 2장 분량의 전체 줄거리
      — 본문
    1. 작품이 인터넷에 연재되고 있다면, 게시판명과 사이트의 구체적이고 정확한 주소를 기재해 주십시오.

선택된 작품은 정식 계약 후 출판물로 간행되어 전국 서점에 유통됩니다.
작가 분은 (주)로크미디어의 전폭적인 지원하에 전속 작가로 활동하시게 됩니다.
※ 자세한 내용은 로크미디어 홈페이지(rokmedia.com)를 참조하세요.

(04167)서울시 마포구 마포대로 45 일진빌딩 6층
(주)로크미디어 편집부 신간 기획 담당자 앞
전화 : 02) 3273 - 5135
www.rokmedia.com   이메일 : rokmedia@empas.com